GREEN HEART
그린 하트

GREEN HEART

1판 1쇄 찍음 2017년 4월 25일
1판 1쇄 펴냄 2017년 5월 8일

지은이 | 미르영
펴낸이 | 정 필
펴낸곳 | 도서출판 뿔미디어

편집장 | 문정흠
기획·편집 | 한관희

출판등록 | 2002년 9월 11일 (제081-1-132호)
주소 | 경기도 부천시 원미구 소향로 17번길(두성프라자) 303호 (우) 14544
전화 | 032)651-6513 / 팩스 032)651-6094
E-mail | bbulmedia@hanmail.net
비북스 | http://b-books.co.kr

값 8,000원

ISBN 979-11-315-7876-6 04810
ISBN 979-11-315-7392-1 04810 (세트)

BBULMEDIA FANTASY STORY

융합된 세상

9

GREEN HEART
그린 하트

미르영 현대 판타지 장편 소설

CONTENTS

제1장

방벽 밖의 세상이 완전히 변했다는 것을 확인하고 다시 돌아왔다. 아버지와 어머니는 아직까지 정신을 차리지 못하고 계셨고, 할아버지는 두 분을 보호하고 있었다.

'이제 얼마 남지 않았군. 조금 있으면 깨어나시겠다.'

할아버지는 세상이 변화하며 충격을 받았다고 생각을 하셨지만 부모님은 지금 진화를 하고 있었다. 에테르와 어느 정도 융화된 카오스를 품고 있는 혈정을 통해 능력을 얻으셨기 때문이었다.

부모님이 가지고 계신 것들이 이제 진화를 거의 끝내고 있었다. 진면목을 드러내기 시작했으니 할아버지도 이제는 어느 정도 알아차리셨을 것이다.

식구들을 둘러보고 이상이 없다는 것을 확인한 후 백성준 장군을 찾았다.

예상을 한 대로 그는 마나 마스터가 스스로 소멸의 길을 택한 그곳에 있었다.

'백성준 장군이 게이트를 발견했군.'

다른 세상으로 통하는 마법진을 발견한 백성준 장군은 한동안 생각에 잠겨 있었다.

생각을 끝낸 것인지 백성준 장군은 마나 마스터가 괴수로 화신해 뚫고 나온 구멍 주위로 인식 결계를 쳤다.

모두가 능력을 각성한 상태에서 업그레이드까지 됐다.

게이트가 발견되면 본능적으로 그곳을 통해 지구로 귀환할 수 있다는 것을 알게 될 것이고, 혼란이 발생할 것을 우려한 조치일 것이다.

'혼란을 주기 싫기도 하지만 결정을 내리지 못해 그런 것 같군.'

자신의 권능을 이용해 사람들이 구멍을 인식하지 못하도록 한 것을 보면 나에게 묻고 싶은 것이 많은가 보다.

이곳의 상황은 파악이 가능하지만 지구의 상황이 어떤지는 모를 테니 내 의견을 듣고 결정을 내리고 싶을 것이다.

'사람들이 어떤지도 살펴봐야겠군.'

백성준 장군의 권능에 접속을 해서 살펴볼 수도 있지만 내가 온 것을 들킬 수도 있기에 직접 살펴봐야 한다.

내가 백성준 장군을 선택하기는 했지만 또 다른 존재로 격을 올리기 위해서는 어떤 식으로 사람들을 통제하는지 알아야 하니 말이다.

모든 사람들이 능력을 각성했음에도 통제에 잘 따르고 있는 중이다. 도시를 복구하고 다친 이들을 돌보는데 모두가 한마음 한뜻이다.

'초기에는 강제로 통제를 한 후에 기조가 잡힌 후로는 자율적이로군. 간섭하는 것은 방향을 제시하는 수준에서 그치고, 서로 의견을 교환하며 진행이 되도록 하는 것을 보니 내 선택이 틀리지 않은 것 같구나.'

백성준 장군의 권능을 피해 의식의 깊은 곳을 들여다봐도 마찬가지다.

여기에 있는 이들에게는 완벽한 신이 될 수 있는 기회임에도 백성준 장군은 사람들의 본성을 보호하고 있었다.

사람들이 가지고 있는 본성이 얼마나 위대한 것인지 본능적으로 아는 것 같았다.

'이만 된 것 같으니 뭐라고 이야기 할지 한번 들어보자.'

백성준 장군과 진지하게 이야기를 해봐야 할 것 같기에 방벽 밖으로 나가 허무에 숨긴 몸을 드러냈다.

백성준 장군도 내가 돌아왔음을 느낄 수 있을 것이다.

팟!

예상처럼 백성준 장군이 모습을 드러냈다.

"어서 오십시오."

나타나자마자 나에게 공대를 하며 인사를 하는 백성준 장군이었다. 이러는 이유를 알기는 하지만 이제 격을 지닌 존재이기에 나도 고개를 숙여 인사를 했다.

"조금 늦었습니다."

"부모님은 조금 전에 깨어나셨습니다."

"가보죠."

"저어……."

"무슨 말씀을 하시려는지 압니다. 할아버님과 부모님을 뵌다음에 말씀을 나누시죠."

"알겠습니다."

"들어가시죠."

방벽 안으로 발걸음을 옮겼다. 나와 백성준 장군이 방벽 가까이 다가서자 옆에 달인 작은 문이 열렸다.

"복구가 빠르군요."

"모두 능력이 업그레이드된 터라 부상자들의 회복도 그렇고, 복구도 빠르게 이루어지고 있습니다."

"다행이네요. 그런데 백성준 장군님은 어떠세요?"

"뭘 말씀입니까?"

"백성준 장군님의 권능말입니다."

"으음."

발걸음을 멈춘 백성준 장군이 신음을 흘렸다.

"문제가 있는 것인가요?"

"문제가 큽니다. 제가 가진 권능으로 인해 자칫 잘못하면 모두가 파멸을 맞을 수 있습니다."

"겁이 나시는가 보군요."

"맞습니다. 제가 변할까봐 겁이 납니다."

"후후후, 그렇게 겁내실 필요가 없습니다. 머지않아 장군님이 가지신 권능이 어떤 것인지 실체를 아시게 될 테니 말이죠."

"실체라면……."

"후후후, 그것은 부모님을 보고 난 후에 말씀을 드리도록 하지요. 제 부모님과 연관이 되는 이야기니까요."

"알겠습니다."

"급하신 것 같은데 서두르시죠."

"공간을 넘어가도 되는 겁니까?"

"편하실 대로 하십시오."

"알겠습니다."

팟!

승낙을 하자 내 손을 살짝 잡은 백성준 장군이 공간 이동을 했다.

부모님이 정신을 차리고 휴식을 취하는 방 바로 앞이었다.

이동이 자유로운 공간이었지만 실시간으로 이 세계를 인지하는 터라 공간 이동을 수월하게 해내는 것을 보며 권능을 완전히 자기 것으로 만든 것을 알 수 있었다.

'할아버지의 선택이 틀리지 않은 것 같구나. 완전히 자기 것으로 만들고도 두려워한다면 믿고 맡길 수 있겠다.'

격이 올라가고 난 뒤에도 아직까지 인간의 감정을 지니고 있기는 하지만 결코 나쁜 것이 아니다. 다른 존재를 아끼고 긍휼히 여기는 마음은 격이 올라갈수록 중요한 역할을 하니 말이다.

똑똑!

"접니다."

백성준 장군이 문을 두드리는 소리에 생각을 접었다.

한 번 더 시험을 거쳐야 하겠지만 이 정도면 이 세계의 마나 마스터로서 충분하다.

"들어오시게."

안으로 들어가자 할아버지와 부모님들이 가부좌를 틀고 앉아계셨다.

인도한 대로 권능을 얻고 내가 어떤 존재인지 느끼셨는지 부모님의 얼굴에서 미소가 보인다.

"고생했다, 차훈아."

"그 먼 길을 돌아오다니 정말 고생했다."

"아니에요."

부모님께는 일부러 관심을 두지 않고 있었는데 할아버지가 회귀한 것까지 다 말씀을 해주셨나 보다.

"할아버지, 이제 다 끝나셨지 않나요?"

"그래, 다 끝나기는 했지."

"불편하실 텐데 바로 앉으세요."

"그래, 알았다."

할아버지가 가부좌를 풀자 부모님도 다리를 풀고는 편안히 앉으셨다.

"차훈아, 이제 네 선택만 남은 것 같은데 어떻게 할 셈이냐?"

"시간을 좀 조절할까 해요."

"으음, 시간을 조절한다는 말이냐?"

"예, 원래는 쓰지 않으려고 했는데 이곳에서 준비를 하려면 그래야 할 것 같아요."

"얼마나 예상하고 있느냐?"

"한 십 년이면 될 것 같아요."

"그것 밖에 걸리지 않는다는 말이냐?"

"백성준 장군님이 있어서 정화하기 위한 힘을 기르는 데는 충분할 거예요."

"결정을 한 모양이구나."

"마지막 시험이 남기는 했지만 자격은 충분한 것 같아요."

"하하하, 내 고심이 헛되지 않아서 다행이구나."

"어르신 무슨 말씀입니까?"

할아버지와 내 대화에 자신이 나오자 궁금한지 백성준 장군이 물었다.

"그건 아직 말할 수 없으니 이해하시게. 하지만 차훈이가 하는 마지막 시험을 거치고 나면 모두 알 수 있을 걸세."

"그렇군요. 궁금하기는 하지만 그렇다고 하시니 시험을 거치도록 하겠습니다."

자신이 지금 하고 있는 고민과 관련이 있다는 것을 느낀 것인지 백성준 장군이 금방 수긍하는 모습을 보인다.

권능에 더해 예지 능력이 벌써 작용하는 것 같아 기분이 좋았다. 이곳을 주관하는 마나 마스터로서의 역할을 충분히 할 수 있을 테니 말이다.

"백장군이 수긍하는 것 같으니 바로 시작하면 좋겠다."

"그렇게 할게요. 할아버지."

"자, 우리는 나가는 것이 좋겠다."

"예, 아버지."

"예, 아버님."

할아버지가 이끄시자 부모님께서도 자리에서 일어나 방을 나가셨다.

세 분이 나가시는 순간, 마지막 시험을 치르기 위해 결계를 쳤다. 마지막 시험이 끝나는 순간, 이 세계는 인과율 시스템에 이어 관리자인 마나 마스터를 얻게 될 것이다.

"가부좌를 틀고 앉으세요. 그리고 권능을 펼치시고 인과율 시스템에 접속하도록 하세요."

"알겠습니다."

내 말대로 따라하는 백성준 장군을 보며 마음을 가다듬었다. 지금부터 백성준 장군에게 하는 시험은 세계에 대한 이해를 위한 것이다.

젠이 만든 세계에서 내가 겪었던 탄생과 진화의 과정을 겪게 하는 것이다.

찰나지만 억겁의 시간이 흐르는 동안 내가 느꼈던 것을 고스란히 느끼면서 백성준 장군의 본성은 변해갈 것이다.

지금까지 지켜본 바로는 좋은 쪽이겠지만 만에 하나 문제가 발생할 수 있기에 조심해야 하는 작업이다.

백성준 장군의 머리에 손을 얹었다.

― 지금부터 장군님은 세상의 탄생과 진화의 과정을 보고 느끼시게 될 겁니다. 한마디 충고를 드리자면 지금 사람들에게 느끼는 긍휼한 마음을 잊지 마시길…….

마지막 충고와 함께 인식의 세계를 세상의 처음으로 이끌었다. 인과율 시스템 또한 내 의지에 따라 세상이 시작된 때로 이끌려 들어갔다.

세상의 관리자와 기록자로서 이 세상을 어떻게 가꾸어 나갈지 시험에 든 것이다.

몇 십억 년을 하루도 되지 않는 짧은 시간에 의식으로 받아들이는 일이다.

'하루 동안 세월이 쌓아올린 세상의 모든 것을 관조하고 인지하며 의지를 유지하는 일이 쉬울 리 없는데도 잘 하고 있군.'

시시각각 변하는 백성준 장군의 표정을 보면서 때론 긴장을 하기도 했지만 시험은 순조롭게 진행이 되고 있었다.

'이제 거의 끝난 건가?'

하루가 거의 끝나갈 무렵, 백성준 장군의 얼굴에 깨달은 것 같은 미소가 보였다. 자아를 잃어버릴 수도 있는 긴 시간의 터널을 통과했음에도 자신을 지킨 것이다.

내가 낸 시험을 통과한 것이라는 것을 예상하기는 했지만 눈앞에서 보니 감회가 새롭다.

'첫 단추는 잘 꿰었다. 이젠 격을 높이면 된다.'

수도 없는 고비를 잘 넘겨 이 세계의 마나 마스터가 될 수 있다는 확신을 가졌기에 격을 높여 주기로 했다.

한 세상을 조율하는 주신이자 모든 것을 관조하며 지키는 존재로서의 격이었다.

— 모든 것이 태초의 의지와 함께 하길!

우우우웅!

세상이 흔들렸다. 생각과 동시에 의지가 일자 인과율 시스템이 백성준 장군을 동반자로 인정한 것이다.

의지가 성장하며 신성이 자라기 시작했다. 이 세상을 조율하는 주신으로서의 격을 갖기 시작한 것이다.

이곳이 탄생하는 과정을 인지하고 있고 본래의 마음을 잃지 않았으니 이 세상은 안심해도 될 것 같다.

— 본래부터 이럴 생각이셨군요.

인과율 시스템에 각인이 되는 것을 염려한 듯 이 세상의 조율자이자 마나 마스터가 백성준 장군이 사념을 보내왔다.

— 죄송합니다. 조율자로서의 역할을 해 주실 수 있는 존재는 그대밖에 없었습니다.

격이 올라 조율자로서 세상을 보기 시작했는지 사념이 흘러들었기에 사실대로 대답을 해주었다.

— 그렇군요.

— 이제 제가 존재로서의 의미를 드릴 텐데 받으시겠습니까?

— 제 숙명이 그렇다면 달갑게 받겠습니다.

— 그럼, 이제부터 그대의 의미는 융입니다. 의지가 섞이고 하나가 되어 세상을 조화롭게 하라는 의미입니다.

— 융이라, 세상의 모든 것이 녹아들어 하나가 되게 하라는 것이군요.

— 잘 아시고 계시군요. 아마도 이곳이 시초가 될 겁니다.

— 외계와 내계의 구분이 사라지기는 하겠지만 만들어 놓으신 기반을 보니 그럴 것 같습니다. 하지만 나머지 두 곳은…….

조율자로서의 위치에 오르니 일그러진 외계의 차원에 대해서 알아차린 모양이었다. 대차원의 주인이나 다름없는 존재들이 거하고 있고, 격마저 자신을 능가하니 이 세상이 일그러질까 불안한 모양이다.

─ 근원이 의지를 잡아먹은 곳이기는 하지만 걱정하지 마세요. 어느 정도 준비가 갖춰진 것 같으니 말이죠.

─ 알겠습니다. 내가 존재하는 의미대로 최선을 다하겠습니다.

─ 감사합니다, 윱.

─ 이제 이곳을 떠나시겠군요?

─ 한 가지 조치만 더 취하면 그래야 할 것 같습니다. 틀어진 균형이 맞춰져 이 세상이 완벽해지기는 했지만 아직 준비가 덜 되었으니 말입니다.

─ 시간의 균형이 맞지 않는데 가능하겠습니까?

─ 이곳도 제 의지가 반영되어 있어 가능할 것 같습니다.

─ 가능하시다니 다행이지만 자칫 세상의 균형이 흐트러질 수 있습니다.

─ 그것도 염두에 두었으니 염려하지 마십시오.

젠을 얻고, 다른 세상의 인과율 시스템에 접속하고 난 뒤 한 세상의 흐름을 조절할 수 있는 권능이 생겼다.

샴발라와 프리온을 통해 외계와 연결이 되어 균형이 흐트러져 있지만 충분히 가능하다.

조율자인 마나 마스터가 탄생했고, 인과율 시스템을 정비할 때부터 준비를 하기도 했지만 이 세상 하나라면 염려하는 것 같은 일은 일어나지 않을 것이다.

— 알겠습니다. 그러면 얼마나 걸립니까?

— 연결된 아홉 세계가 시간의 균형을 이룬 만큼, 삼십 년 정도로 잡고 있습니다.

— 다음 세대를 기약하시는군요.

— 어쩔 수가 없습니다. 이곳에 존재하는 인류는 에테르를 기반으로 하는 세상에서 태어난 존재들이니 말입니다.

— 최선을 다해서 준비를 해야겠군요.

— 그래야 할 겁니다. 할아버지와 상의하시고 준비를 하신다면 좋은 결과를 얻을 수 있을 겁니다.

— 그렇겠군요. 한때 대차원의 주인이셨던 분이니 말입니다.

— 이제는 그만 해야겠군요, 인과율 시스템과 괴리가 생기기 전에 말입니다.

— 알겠습니다. 제가 이 세상의 마나 마스터이기는 하지만 인과율을 오래 벗어나서는 좋을 일이 없으니 말입니다.

— 그럼.

대화를 끝내고 자리를 떠났다. 현실 세계가 아닌 곳이라 육체가 아니라 정신을 이동시킨 것이다.

내가 도착한 곳은 인과율 시스템이다. 직접적인 의지가 닿아야 시간의 흐름을 맞출 수 있어서다.

일그러지기는 했지만 대차원의 마나 마스터 중 하나가 오랜 시간 동안 통로를 뚫어왔기에 이 세상은 이미 지구와 연결이 되어 있는 상태다.

마나 마스터의 소멸로 완전히 뚫리지 않아 사람이나 사물은 이동을 할 수 없지만 에너지는 흘러나가고 있을 것이다.

연결 통로는 나라 하더라도 절대 막을 수가 없다. 이 세상 자체가 외계와 지구와의 연결통로 역할을 하기 위해 만들어진 곳이기 때문이다.

'이대로라면 지구의 시간으로 일 년이나 삼 년 정도면 가만히 있어도 뚫리겠구나. 그럼……'

미세하지만 틈이 있고, 드나드는 에너지에 의해 벽이 허물어질 것이고, 완전히 뚫리기 까지는 시간이 얼마 없었다.

'예상한 대로니 이곳의 흐름을 조금 더 빨리 가져가도록 하자.'

인과율 시스템의 직접 접속을 한 후 시간의 흐름이 빨리 흘러가도록 했다. 조율자인 마나 마스터와 인과율 시스템이 허락한 일이라 쉽게 조절할 수 있었다.

'시간이 가속되면 차원간의 벽이 빨리 허물어질 수도 있으니 이 상태가 유지되도록 해야 한다.'

시간이 가속되면 두 대차원간에 흐르는 에너지의 교차 속도도 빨라질 것이기에 지금 이 상태를 유지하도록 하는 것도 잊지 않았다.

모든 조치를 끝내고 의지를 되돌렸다.

"끝나셨습니까?"

"끝났습니다. 잘 부탁드리겠습니다."

"염려하지 마십시오. 어렵기는 하겠지만 사명대로 최선을 다하겠습니다."

"고맙습니다. 밖에서 기다리고 계시는 것 같으니 이제 나가도록 하시죠."

인과율 시스템에 마나 마스터로서 존재를 인식시킨 후부터 이 공간은 이 세상과 단절이 되어 있었다. 이제 융이라는 존재로서 자신과 하나가 백성준 장군을 된 인과율 시스템이 보호를 위해 그렇게 한 것이다.

일종의 결계가 쳐져 우리 둘의 존재를 느끼지 못해 가족들이 불안하실 것이 분명하기에 밖으로 나가기로 했다.

팟!

공간 이동을 통해 밖으로 나가자 할아버지와 부모님이 기다리고 계셨다.

모습을 보이자 부모님은 안도하는 듯했고, 할아버지는 회환에 젖은 것 같은 눈빛으로 백성준 장군을 바라보았다.

"고생했다."

"아닙니다, 할아버지."

"고생했네."

내 대답을 들은 할아버지는 백성준 장군을 보며 말했다.

"과분한 일이라 걱정이 앞섭니다."

"잘 하실 것이라 믿네. 부디 내 선택이 틀리지 않았음을 증명해 주시게."

"최선을 다하겠습니다."

"그래, 이름을 얻으셨는가?"

"융이라는 이름을 얻었습니다."

"실패한 세계를 다시 이끄는 업을 받으셨으니 아주 좋은 이름을 얻으셨으이."

"감사합니다."

이름이 갖는 의미를 할아버지도 아시는 모양이다.

에테르와 카오스가 합쳐져 새로운 세계의 기반이 되었으니 모든 것이 서로 섞여 하나가 되기를 바라는 의미다.

"하지만 아직 육신을 가지고 있으니 다른 이들에게는 백융이라고 하시게."

"아직 인간으로서의 삶이 끝나지 않았으니 할아버님 말대로 하시는 것이 좋을 것 같습니다. 다른 분들을 이끄는 데도 도움이 될 테고 말입니다."

"그렇게 하겠습니다."

격이 높아져 주신이 되었지만 아직은 신체를 가지고 있다.

정신과 에너지가 의지로 일체화되어 인간의 허물을 벗고 신격에 걸맞는 신체를 가지게 할 수도 있었지만 그렇게 하지 않은 것은 이유가 있다.

모두 이 세계로 넘어온 사람들 때문이다.

다른 세계로 넘어오고 세상의 변화로 인해 모든 것이 달라졌지만 생각의 기반은 지구에 있는 사람들이다.

종교를 접해 보기는 했지만 신을 직접 본 사람들은 하나도 없기에 아무래도 백웅이라는 존재에 본능적으로 거부감이 들 것이다.

시간이 지나면 모를까 아직은 신이라는 존재에 익숙하지 않으니 당분간 사람들을 이끌기 위해서는 인간으로서의 삶도 유지하는 것이 좋을 것 같아서 그렇게 한 것이다.

그렇다고 보통의 인간으로 둘 수는 없는 노릇이라 육체를 진화시켰다. 가진 격에 맞게 보통 사람은 물론 능력자들의 한계까지도 벗어난 신체를 지니고 있으니 위험할 일은 없을 것이다.

"그나저나 두 분께서는 어떻게 하실 생각이십니까?"

"생각이 많습니다."

백웅의 물음에 아버지가 고개를 흔들며 답하셨다.

"두 분도 신격을 지니게 되셨으니 이 세상을 조화롭게 하는 데 일조를 하셔야 할 것으로 압니다."

"그렇기는 하지만……."

말끝을 흐리시며 아버지가 나를 보신다. 어머니도 아버지와 같은 표정으로 나를 보셨다.

"이제 두 분도 아시잖아요. 제 걱정을 하지 않으셔도 되니까 염려하지 마세요."

"차훈아, 그래도……."

"아버지, 어머니. 어차피 두 분은 이 세계를 떠나지 못하세요. 할아버지도 마찬가지시고요. 제가 이렇게 한 이유는 새로운 기반을 가진 세계는 이곳뿐이라서 그래요. 그러니 할아버지와 아버지, 어머니께서는 백용을 도와주세요. 다른 세계를 안정시키고 나면 이곳으로 돌아올 거예요. 며느리와 사돈 되실 분들도 모두 같이 올 테니 걱정하지 마시고요."

"하지만 지구에 있는 네 몸은……."

"알아요. 지금 제가 가지고 있는 육체가 제 의지로 만들어진 것이라는 것을요. 안정시키고 나면 본래의 몸으로 찾아올 수 있을 거예요."

"그래, 알았다. 세계를 안정시키는 것이 네 사명이니."

지구와 연결이 되더라도 피해가 없도록 하기 위해 시간의 흐름을 조절한 상황이다.

앞으로 30년 동안은 이곳에 올 일이 없지만 걱정하지 않는다. 할아버지는 본래의 모습을 찾아가고 있고, 부모님도 이제 신격을 지니게 됐으니 세월의 흐름이야 아무것도 아닐 것이다.

이런 사실을 말씀드리기 어려웠지만 이내 이해하신다.

"이제 곧 떠나겠구나."

"예, 할아버지."

"그렇다면 빨리 떠나도록 해라. 이곳 상황을 보면 상당히 심각해질 것 같으니 말이다."

"알았어요. 할아버지. 그럼 나중에 뵙도록 할게요."

"그래, 나중에 보도록 하자."

"아버지, 어머니도 안녕히 계세요. 조만간 다시 뵐게요."

인사를 드리자 어머니가 내 손을 잡으신다.

"그래, 차훈아. 조심하도록 해라."

"예, 어머니. 그럼 이만 갈게요."

"그래. 잘 가……"

스르르르르.

이 세계에 대한 의지를 거두었다. 세상이 흐려져 가며 세계를 넘기 시작했다.

'다시 올게요.'

두 눈에 눈물이 흐르고 있는 어머니의 얼굴이 흐려져 간다.

신의 반열에 오르셨어도 자식을 생각하시는 것은 변하지 않나 보다.

그렇게 세계를 넘은 내 의지가 결정맥과 연결된 허무의 공간에 있는 육체로 돌아왔다.

'젠과의 연결은 아직도 끊어져 있군. 통로를 만들기 위한 마법진이 활성화되지 않아서 연결이 되어 있지 않은 탓인가? 이 세상은 변하지 않고 아직 그대로인 것 같아 다행이군. 연결하려던 세 번째 세계가 변했다는 것을 알면 아마 벌써 움직였

겠지.'

허무의 공간 안이었지만 이전과는 달리 지구의 모든 것이 느껴진다. 의지가 넘어갈 때와 다름이 없다는 것을 확인할 수 있었다.

샴발라나 프리온에서 외계로 연결이 될 수도 있는데 그대로 인 것을 보면 이번 일을 꾸민 존재들이 아직 알아차리지 못한 것 같다.

'젠이 많이 걱정하겠군.'

젠과는 아직 연결이 되지 않는다. 연결을 하고 싶지만 할 일이 있어서 아직은 곤란하다.

새로운 세계의 시간 흐름을 조절해야 하는 까닭에 허무의 공간을 그대로 둬서는 안 된다. 지구와 연동을 시켜야 하기 때문에 에너지는 흐르도록 해야 한다.

'오랜 시간 동안 쌓인 인과율이 적용된 것이 아니라 새롭게 만들어진 세계라서 가능하지, 지구와 연결된 다른 세계였다면 불가능한 일이었겠지.'

지구와 브리턴, 그리고 다른 세계를 넘나드는 동안 시간의 흐름이 조정되기 시작했다.

그것은 내 의지가 절대 아니었다. 외계의 존재들과 각 세계에서 그들과 협력한 존재들에 의해서 벌어진 일이다.

놈들이 그렇게 한 것은 외계에서 이곳 세계로 통하는 통로를 쉽게 만들기 위해서다.

'떨어지는 낙수가 바위에 구멍을 뚫는 것처럼 오랜 시간동안 진행해 왔었을 것이다.'

지구가 속한 대차원을 만든 창조주는 다른 대차원의 영향을 최소하기 위해 연결된 세상을 만들면서 두 가지 추가적인 조치를 취했다.

세상마다 시간의 흐름을 다르게 하고, 자신이 가진 에테르를 분리해 나눈 후 각자의 세상에 적용을 시켰다. 본의 아니게 세상을 구분한 것이다.

근본적으로는 연결이 되어 있기는 하지만, 시간의 흐름 아래 분리된 에테르를 기반으로 세상을 만든 탓에 자연스럽게 결계가 형성되었고, 일그러진 대차원들의 발산하는 영향을 최소화했던 것이다.

외계의 존재들은 이런 창조주의 안배를 뚫기 위해 그동안 에테르를 통합하고, 시간의 흐름을 조정해 왔었다.

원래대로라면 앞으로도 수많은 시간이 흐른 뒤에야 가능한 일이었지만, 하탄이 실행한 일이 기폭제가 되어 엄청나게 단축이 되어 버렸다.

'어쩌면 젠은 하탄으로 존재했던 시절에 외계와 협력했던 존재들에게 이용을 당한 것인지도 모른다.'

자신이 행한 계획으로 인해 외계와 연결하려는 작업이 단축되었다는 것을 젠은 인지하지 못하고 있었다. 그만큼 교묘히 젠의 이전 모습인 하탄을 속였다는 뜻이었다.

'후후후, 어떤 놈들인지는 모르지만 네놈들이 꾸민 일이 오히려 올가미가 될 것이다.'

마나 마스터까지 감쪽같이 속일 정도인 존재들이다. 원하는 대로 시간을 단축시키기는 했지만 한 가지 실수한 것이 있다.

천환에 속한 이들이 외계를 만든 대차원의 창조주들이고, 준비를 해왔다는 것 말이다.

'후후후, 내가 시간의 흐름을 거슬러 회귀한 것도 그렇고.'

놈들이 연결된 세상의 시간을 조정하는 동안 스승님도 함께 움직였다. 놈들과는 달리 나를 대상으로 시간의 흐름을 조정한 것이다.

가이아의 눈을 피하고, 인과율 시스템을 빗겨가며 아주 교묘히 말이다.

스승님의 의도는 성공했고, 놈들이 뚫으려했던 통로 중 하나는 내가 틀어막았다.

그리고 이제는 내가 역으로 시간의 흐름을 조정해 놈들을 상대하려고 한다.

놈들의 목줄을 틀어쥐려고 말이다.

'일단 허무의 공간부터 변화시키자. 에너지가 유입되기 시작하면 놈들의 의도와는 달리 샴발라도 그렇고, 프리온도 변할 것이다.'

새롭게 만들어진 세계의 에너지를 지구로 순환시켜서 통합되고 있는 에테르에 유입하면 된다. 놈들이 원하던 것과는 전혀 다른 에너지 기반이 만들어지는 것이다.

'그렇게 변하는 것은 지구뿐만이 아닐 것이다.'

에테르가 통합되는 것으로 볼 때 놈들은 분명 샴발라와 프리온을 연결했을 것이다. 연결된 세상의 끝과 마지막이 지구와 브리턴이다. 에테르를 통합하려면 두 세계를 연결하지 않으면 어려울 테니. 지구로만 유입되게 하면 브리턴도 함께 변할 것이 분명하다.

의지를 일으켜 허무의 공간을 비틀어 에너지만 유입되도록 했다. 1대 30의 시간 비율이라 막대한 양의 에너지가 지구로 흘러들 것이다. 약동하는 세계는 더 많은 에너지를 증폭시키니까.

'다행이 순조롭구나. 에테르와 카오스가 합쳐져서 그다지 반발도 없고.'

허무의 공간을 빠져나와 조용히 퍼져 나가는 에너지를 느낄 수 있었다.

'이제 나가자.'

산속에서 피어오르는 안개처럼 아주 은밀히 퍼져 나가는 에너지를 느끼며 허무의 공간을 빠져 나왔다.

— 마, 마스터!

"걱정됐나 봐?"

— 예, 마스터. 연결도 끊어져 버리고 너무 오래 계신 것 같아서 걱정을 많이 했습니다.

"다 잘됐으니까 걱정하지 말고. 내가 들어가 있은 지 얼마나 됐지?"

― 정확히 일주일이 흘렀습니다.

"꽤 많이 흘렀군. 이곳은 끝난 것 같으니 다른 곳으로 갈 차례다."

― 어디로 가실 생각이십니까?

"제주도!"

― 제주도에 말입니까?

"그래, 스승님께서 마지막 안배를 해둔 게 있어서 그곳으로 가야 할 것 같아."

― 곧바로 공간 이동을 하실 생각이십니까?

"그래."

― 마스터께서도 이미 아시고 계시겠지만 제주도 외곽은 결계가 형성되어 있습니다. 저도 집중하지 않으면 인지에 장애가 걸릴 만큼 강력한 결계인데 가능하시겠습니까?

젠이 우려를 드러낸다. 그럴 만도 하다. 초월자의 반열로 떨어지기는 했지만 무려 대차원의 창조주가 만든 결계니 말이다.

"걱정할 것 없어. 결계 외곽으로 이동을 한 다음에는 걸어서 들어갈 예정이니까 말이야."

― 가능하기는 합니다만, 위험할 수도 있습니다.

"아무 일 없을 테니 걱정하지 말고 젠은 지구에 변화가 일어나는지 체크를 해줘."

— 지구에서 일어나는 변화를 체크하라고 말씀하시는 것을
보니 뭔가 일어나는군요.

나와 연결이 끊어진 동안 변화가 생겨났다는 것을 인지한
것 같다. 자신이 알지 못하는 정보가 있다는 사실에 젠이 불안
해하는 것이 보였지만 아직은 모든 것을 알려줄 수는 없다.

하탄이던 시설 누군가에게 완벽히 속았고, 지금까지도 알아
차리지 못하고 있으니 말이다.

"연결되어 있는 세계에서 흘러드는 에테르가 갑자기 많아
지기도 했고, 아무래도 융화되는 속도가 빨라지는 것 같아서
그래."

— 마스터 말씀대로 그런 현상이 일어나고 있어서 주의를
기울이고 있었습니다.

"모습을 감춘 이들의 행적들은 어때?"

— 이상하게도 하나도 나타나지 않고 있습니다. 어느 정도
는 추적이 가능하기는 했지만 아주 교묘하게 연결 고리가 끊
어져 있었습니다.

"어쩌면 지금 벌어지고 있는 현상이 그들 때문일 수도 있으
니 좀 더 신경을 써봐."

— 알겠습니다, 마스터.

"그럼 이만 가 볼 테니 젠은 제주도 주변의 좌표를 확인해
줘."

— 결계 외곽의 좌표들은 문제가 없을 겁니다. 하지만 이동을 하시게 되면 발을 디딜 땅도 마땅치 않고 파도가 심하게 치고 있으니 젖지 않게 주의하십시오.

"후후후, 알았어. 그럼 이동할게."

퐛!

곧바로 이동을 했다.

쏴아아아!

철썩!!

이동한 곳은 바다 위 상공이다, 집채만 한 파도가 몰아치며 해안가를 잠식하고 있는 중이다.

어느새 다시 밀려온 파도가 내 놈을 덮치고 있지만 배리어를 친 덕분에 젖거나 하지는 않았다.

— 정말 견고한 결계로군.

— 마스터와 연결이 끊어진 직후부터 결계가 생성되었습니다. 샴발라와 같은 곳이 아닌 가 해서 조사를 해봤습니다만 특이 에너지는 검출이 되지 않았습니다.

— 모두 에테르 기반인 것 같아. 그것도 아주 완벽하게 융합되어 있고 말이야.

— 샴발라 근처도 에테르를 완벽하게 융합시키지 못하고 있는데 정말 놀라운 일입니다. 마스터의 스승님께서는 도대체 어떤 분이십니까?

— 안다고 생각했었는데 이제는 나도 잘 모르겠어. 그렇지만 초월자이셨던 것만은 분명한 것 같아.

— 그러실 겁니다. 저 정도 결계는 신화에 나오는 존재만이 가능하니 말입니다.

— 이제 그만 들어가 보도록 하자.

푸르스름한 빛을 뿌리는 결계가 앞을 가로막고 있었지만 허공을 걸어서 해안가로 다가갔다.

— 조심하십시오, 마스터. 결계…….

결계를 지나치려는 순간에 젠이 주의를 줬지만 결계가 스스로 갈라지자 보내오던 사념이 흐려졌다.

— 후후후, 걱정하지 말라고 했잖아.

안으로 들어서자 결계가 다시 복구됐다. 이제는 허공을 걸을 필요가 없기에 땅으로 내려섰다.

내가 땅을 디딘 곳은 앞에 비양도가 보이는 제주도 해안가다. 협재리를 지나쳐 곧바로 금악리로 향했다. 스승님의 안배가 남아 있는 금오름으로 가기 위해서다.

가능 동안 사람들을 하나도 볼 수가 없었다.

'스승님의 안배가 모두 작동되어 예정대로 진행이 된 모양이구나.'

제주도는 대한민국의 영토 중 가장 늦게 함락된 곳이다. 단방향 게이트나 스팟이 생기지 않아서 이기도 하지만, 스승님을 따르는 이들이 있어서 가능한 일이었다.

스승님은 내 회귀와 미래를 위한 준비를 위해 어쩔 수 없이 제주도를 떠나셨다. 그리고 제주도를 떠나기 전에 여러 가지 안배를 하셨다.

사람들이 보이지 않는 것도 그 때문이다. 결계가 쳐진 이후에 스승님이 남겨 놓으신 여러 가지 안배가 작동되었다면 사람들은 다른 곳에 있을 것이다.

'계획한 대로라면 지금은 대부분 제주시와 서귀포시에 있을 것이다. 제주도를 점령했던 인민군들도 마찬가지일 테지. 결계가 바뀌는 순간, 제주도민 대부분이 각성과 동시에 능력을 각성해서 감당할 수 없을 테니까 말이야.'

젠은 알지 못하지만 제주도에 쳐진 결계는 두 가지다. 하나는 오래 전부터 작동하고 있었고, 다른 하나는 일주일 전에 작동을 했다.

첫 번째 결계는 보이지 않게 자연을 조종하는 것이다.

자연 결계는 기상 상태가 어떻든 간에 제주도에 파도가 10미터 이상 항상 몰아치도록 만들었고, 하늘에는 돌풍이 계속 불도록 하는 것이었다.

제주도가 함락이 된 이후 스승님은 제주도를 떠나며 자연 결계를 작동시켰다.

그로인해 제주도에 살고 있던 사람들은 대한민국의 다른 도시들과는 달리 북쪽으로 이송이 되지 않았다. 바다를 건너 이동할 수단이 없었기 때문이었다.

두 번째 결계는 각성의 결계였다. 스승님은 제주도에서 대한민국을 되찾을 준비를 하셨고, 준비의 정점은 바로 제주도민들의 각성이었다.

결계의 발동 조건은 나다. 내가 허무의 공간에 들어선 후 인과율 시스템이 내 존재 자체를 잃어버리게 되면 작동하게 만드셨다.

주둔하고 있던 인민군들은 각성자들을 감당할 수 없었을 것이다. 각성해 능력자가 된 이들에게 포로가 되어 제주시와 서귀포시 근처에 수용되어 있을 터였다.

얼마 지나지 않아 멀리서 보면 마치 왕릉처럼 생긴 금오름에 오를 수 있었다.

'자신이 가지신 모든 것을 나에게 주셨는데도 제자가 힘들어 할까봐 이런 안배를 남기셨다니……'

자신의 실수로 인해 창조한 차원이 일그러진 뒤로 책임을 다하기 위해서 존재의 소멸을 대가로 모든 것을 되돌리려 했던 분이다.

금오름에는 제주도민에게 베풀었던 각성의 결계보다 강력한 결계를 설치할 수 있는 기반이 잠들어 있다. 스승님의 마지막 염원과 희생이 담겨 있는 기반이다.

'고맙습니다, 스승님.'

대차원의 창조주였던 분이다. 그런 분이 모든 것을 희생하기에 가슴이 먹먹했다.

'에테르도 융합되었고, 새로운 에너지도 흘러들어오고 있으니 으니 최적의 상태. 이제부터는 각성의 결계를 완성하고 확산시켜야 한다.'

본래 각성의 결계는 백록담에 설치를 해야 정상이다. 그렇지만 금오름에 한 것은 이유가 있다.

자칫 능력자들이나 전 세계를 감시하고 있는 이면 조직들에게 들킬 우려가 있어서다.

금오름에는 분화구가 있다. 결계의 기반이 설치된 곳이 바로 이 분화구다.

그렇다고 백록담이 역할이 없는 것이 아니다. 제주도에 존재하는 모든 분화구는 백록담과 연결이 되어 있다.

내가 금오름의 분화구에 설치되어 있는 기반에 의지와 에너지를 불어넣어 결계를 완성하면 용암이 흘렀던 화맥으로 퍼져 나간다.

각성의 힘은 화맥을 따라 뻗어나가게 되는데, 백록담은 메가폰과 같은 역할을 하게 된다. 각성의 힘을 증폭해 전 세계로 확산시키는 역할을 하게 되는 것이다.

얼마 전에 비가 왔는지 금오름의 분화구에는 물이 차 있었다. 물에 손을 담그고 의지를 일으키는 것과 동시에 새로운 세계에서 얻게 된 에너지를 불어넣었다.

우르르릉!

결계가 완성이 되고, 오래된 화맥에 각성의 힘이 퍼져 나가

자 지진이 난 것처럼 제주도 전체가 울리기 시작했다.

　멀리 한라산을 응시했다. 정상에서 뻗어 나와 하늘로 퍼지는 푸른 기운이 보인다.

　'이제 스승님의 염원대로 시작하면 된다.'

　드디어 스승님의 마지막 안배를 완성시켰기에 서귀포시로 가기로 했다. 앞으로의 일을 준비할 차례다.

제2장

2

솟아오른 푸른색의 빛줄기가 터져 나가며 섬광처럼 창공을 뒤덮었다.

섬광의 중심에서 뭉클거리며 검은 구름이 피어올랐다. 섬광처럼 퍼져 나간 빛줄기를 따라 연이어 검은 구름이 생겨나가며 빠르게 확산이 되고 있었다.

태양마저 가려 어두워지고 있었지만 사물을 분간하기는 어렵지 않았다.

금오름에서 내려오면서 보이는 여러 오름에서 백록담처럼 푸른색의 빛줄기가 하늘로 솟아오르고 있어서였다.

일단 서귀포시로 향했다. 도로변을 따라 빠른 속도로 허공을 날아갔다. 서귀포시에 다다르자 골프장으로 보이는 곳에 철조망이 쳐져 있는 것이 보였다.

급조한 것 같은 막사와 안에서 하릴없이 돌아다니는 인민 군을 보니 수용소 같았다.

수용소는 의외로 지키는 이가 없었는데, 자세히 보니 철조 망을 따라 결계가 쳐져 있는 것이 느껴졌다.

다시 서귀포 시청 쪽으로 가자 근처에 있는 운동장에 많은 사람들이 몰려 있는 것이 보였다.

운동장 한가운데 돌로 쌓아 만든 단이 보였다. 단 위에는 다섯 사람이 있었는데 남자 네 사람은 동서남북에 서 있고, 여자인 한 명은 중앙에 자리한 채 가부좌를 틀고 있었다.

단을 중심으로 사람들이 모여 있었다. 지금도 계속해서 사 람들이 운동장으로 모여들고 있었다.

'일단 모습을 감추고 뭘 하려는 것인지 봐야겠군.'

하늘의 변화 때문에 사람들이 모인 것이 분명했기에 지켜 보기로 했다.

사람들이 모이는 것이 대충 끝나자 중앙에 있던 여자가 일 어났다. 서귀포시의 사람들을 이끌고 있는 유소화였다.

유소화는 자리에서 일어난 후 단 위를 한 바퀴 돌며 모여 있는 사람들과 눈을 맞추었다.

"여러분! 이제 개벽의 때가 온 것 같습니다."

모인 사람들과 눈을 맞추며 이야기하던 유소화가 잠시 말을 멈췄다.

"저 하늘을 보십시오. 우리에게 천명이 내려졌다는 것을 나도 알고, 여러분도 알고 있습니다. 여러분들도 느끼시겠지만 우리는 지금 다시 변하고 있습니다. 아니, 변화가 아니라 진화라는 것이 맞을 것 같네요. 제주도가 결계로 폐쇄되면서 각성해 모두들 능력을 가지게 되었으니 말입니다."

사람들이 다들 고개를 끄덕였다. 유소화는 사람들을 둘러보며 다시 입을 열었다.

"개벽이 일어나 세상이 어떤 식으로 변할지는 아무도 모르지만, 한 가지는 모두가 알고 있습니다. 우리가 그 변화의 중심에 섰다는 것입니다."

하늘이 변하는 현상이 발생한 후 사람들의 마음속으로 알수 없는 목소리가 들려왔다.

자신이 가지게 된 능력이 무엇인지, 그리고 앞으로 무엇을 해야 할지 알려주는 목소리였다.

"여기에는 본래부터 제주에 살던 분도 있고, 여행을 오셨다가 이곳에 머물게 된 분도 있습니다만, 원래의 삶으로 돌아가지는 못할 겁니다. 왜냐하면 여러분들은 이제 세상에 나가 천명이 맡긴 역할을 하게 될 테니까요."

유소화의 말에 사람들의 눈빛이 달라졌다. 마음 속으로 들려온 목소리가 상기됐기 때문이다.

"저 유소화가 여러분을 각자의 역할이 맡겨진 곳으로 보내드릴 겁니다. 여러분께 행운이 있기를 빌겠습니다."

유소화는 허리를 접어 정중히 인사했다. 그녀의 눈에는 진한 슬픔이 자리하고 있었다.

'결국 스승님께서 말씀하셨던 존재는 결국 나타나지 않았다. 정말 안타깝구나.'

안배를 하고 제주도를 떠나기 전에 소화의 스승은 최후의 예언을 해주었다.

세상이 개벽으로 치달을 때 제주도에 있는 사람들을 구원하고 바르게 이끌어 줄 이가 찾아온다는 예언이었다.

하지만 스승의 예언은 맞지 않았다. 개벽의 문이 열렸음에도 아무런 존재감도 느끼지 못했기 때문이었다.

결국 우려해 마지않은 마지막 안배를 작동시켜야 할 때였다. 스승의 안배로 각성한 이들이 희생해 세상의 멸망을 막아야 하는 것이다.

'모두에게 각자 선택할 수 있는 기회가 있었다. 나오지 않을 수 있음에도 저들은 세상을 위해 이리 모였다. 자신을 희생하는 일임에도 말이다. 저들의 희생이 결코 헛되지 않게 해야 한다.'

흘러내리려고 하는 눈물을 애써 참으며 유소하는 자신의

역할을 수행해 나갔다.

가부좌를 틀고 동서남북에 앉아 있는 남자들의 머리를 손으로 짚으며 좌표를 산정한 유소화는 양손을 들어올렸다.

자신에게 전해진 사념의 내용에 따라 사람들을 보내기 위해서였다.

스르르르르……

사람들이 하나둘 장내에서 사라지기 시작했다. 공간 이동을 한 것인지 하나둘 사라져 가는 사람들을 보면서 유소화는 입술을 깨물었다.

'제주시에서도 사람이 이동하고 있구나. 언니! 힘을 내세요.'

언니와 함께 이미 제주를 자신의 영역으로 삼은 유소화였다.

그룹으로 사라지는 사람들을 보면서 제주시에서도 이곳과 같은 상황이 벌어지고 있다는 것을 느낄 수 있었다.

제주시를 관장하고 있는 이는 쌍둥이 친언니 유명화와는 정신적으로 연결이 되어 있는 상태였기에 가능한 일이었다.

사람들을 모두 이동시키자 단 위에 있는 네 사람이 가부좌를 풀고 일어났다.

"가셔야 할 것 같습니다."

"그래야겠어요. 언니도 출발을 한 것 같으니."

목적지로 이동을 끝낸 사람들의 활동을 돕기 위해 언니와 함께 조치를 취해야 했기에 유소화가 고개를 끄덕였다.

스르르르.

유소화의 말이 끝난 것과 동시에 다섯 사람의 모습이 단 위에서 사라졌다.

유소화란 여자의 능력으로 사람들이 이동한 좌표를 확인해 보니 전 세계로 흩어졌다.

쉽지 않은 일이었는데 다른 사람의 에테르를 흡수해 증폭하는 능력을 가진 여자라 가능한 것 같다.

사람들이 전 세계로 흩어진 것은 스승님이 마련하신 최후의 안배를 실행하기 위해서다.

능력자가 아닌 보통 사람들을 각성시키기 위해서 말이다.

사람들이 다 이동한 후 제단 같이 생긴 돌 더미 위에 있던 일행들이 공간 이동을 했다.

'아까 오다가 본 곳으로 갔군. 제주시에서도 같은 일이 벌어지고, 이동한 곳도 같으니 살펴봐야겠다.'

이동한 좌표를 살펴보니 뭔가 목적이 있는 것 같기에 뒤를 따라가 보기로 했다. 제주에서 사람들을 이동시킨 이도 유소화가 이동한 곳에 이미 도착해 있었다.

팟!

내가 이동을 한 곳은 제주도 점령을 위해 내려온 북한의 인민군을 가두어 놓은 수용소다.

철조망에 결계가 씌워진 터라 안으로 이동을 못하는지 유소화는 입구에 있었다.

'쌍둥이인가 보군.'

그녀의 앞에는 얼굴이 판박이처럼 닮은 여자가 서 있었는데, 그녀도 네 사람이 수행하고 있었다.

모습과 기척을 숨기고 둘의 대화를 지켜봤다.

"언니, 다 끝냈니?"

"끝내기는 했는데, 스승님이 예언하신 사람은 결국 나타나지 않았어. 스승님께서 실패할 가능성도 많다고 하셨으니 이제는 우리끼리 해야 할 것 같아."

"그래야 할 것 같다. 그리고 어차피 그렇게 할 생각이었으니 너무 염려하지 마라."

"그래, 언니. 그런데 어떻게 할 거야?"

"저들에게 진실을 이야기 해주고 협조를 구해야겠지."

"능력자들은?"

"그들은 별도로 감금해 놨으니까 나중에 시도를 해봐야지."

수용소에 있는 자들 중에 능력자들은 모두 제외되어 다른 곳에 감금되어 있는 상태인 것 같다.

능력자들은 대부분 장교였고, 남아 있는 이들을 설득하기 위해서는 없는 것이 좋기에 분리해서 감금한 것 같다.

"들어가자."

"그래."

유소화의 언니라 불린 여자가 입구에 손을 댔다. 입구의 크기만큼 빠르게 결계가 사라졌고, 호위하는 이들이 경계하며 문을 열었다.

두 여자가 이끄는 일행은 문을 열고 안으로 들어갔다.

문이 열리는 것을 어떻게 알았는지 군복을 입은 이들이 하나둘 막사에서 나오기 시작했다.

유소화 일행은 연병장 한가운데 서서 인민군들이 모이기를 기다렸다.

"모두들 결정을 내렸나요?"

5,000여 명에 달하는 인원이 모이자 유소화가 입을 열었다.

"장교님들은 어디 있는 거요?"

군인들의 대표로 보이는 이가 질문을 했다.

"안전한 곳에 있으니 걱정하지 않아도 돼요."

"무사한 것이요?"

"그래요."

"그동안 우리를 대하는 것으로 봤을 때 사실이라고 믿겠소."

"난 거짓말을 하지 않아요. 다들 무사하니 아무 걱정하지 말아요."

"알았소."

"자, 당신들도 목소리를 들었을 거예요. 우리가 한 제안은 어떻게 할 생각인가요."

"그동안 의논을 해 봤지만 결론을 내리지 못했소. 무엇보다 북에 있는 가족들 때문에 결정을 내리기가 쉽지 않소."

"세상이 변하기 시작해서 전부 쓸데없는 걱정이라고 하지 않았나요."

"당신은 공화국이 얼마나 무서운지 모르는 것 같소. 배신을 한다면 우리 가족들은 무사하기 힘들 거요."

"좋아요. 그럼 당신들 가족부터 먼저 돌보는 것으로 하지요."

"으음."

대표자로 보이는 이가 신음을 흘리며 생각에 잠겼다.

"시간이 없어요."

"좋소. 당신 말대로 가족들부터 돌보게 한다면 제안을 승낙하겠소."

"좋아요. 이제부터 당신들을 각성시키겠어요. 전에 말한 대로 진심으로 원하지 않으면 각성이 되지 않을 거예요. 그리고 각성을 하게 되면 우리를 따르게 될 거구요."

"이미 들어서 잘 알고 있으니 시행하시오."

"알았어요."

유소화가 다른 여자를 불렀다.

"언니."

"응."

"이제 시작하자."

"알았다."

유소화와 그녀의 언니는 군인들을 연병장 가운데 두고는 수행원과 함께 양쪽 끝으로 갔다.

'강제로 각성을 시키는 것도 가능한 모양이군. 그렇지만 믿을 수 있는 자들도 아니고 후계자 놈의 의지가 저들에게 닿았을 텐데 성공할 수 있을지 걱정이군.'

군인들은 특별한 힘을 지니게 된 김윤일의 의지가 닿았던 이들이었다. 각성을 시키는 것도 쉽지 않은 일인데 자신의 의지하에 두겠다는 것이 쉬울 리 없었다.

양쪽으로 간 두 사람은 각각 네 사람의 호위를 받으며 하늘을 향해 두 팔을 활짝 폈다.

그러자 푸른색의 빛줄기가 두 여자의 전신에서 흘러나왔다. 성스럽기까지 한 모습이었다,

두 여자는 빛줄기를 연병장에 있는 인민군인들에게 뿌렸다. 수천 가닥으로 갈라진 빛줄기들은 정확하게 인민군인들의 머리에 닿았다.

'능숙하게 에테르를 다루는 것을 보면 스승님께서 꽤나 많은 수련을 시키신 모양이구나. 그렇지만 통합된 에테르를 저

렇게 다룰 수 있다니, 정말 놀랍군.'

연결된 세상에서 흘러나온 에테르들이 통합되어 있음에도 두 여자는 아무렇지 않게 사용했다.

신격을 갖고 있지 않은데도 말이다.

'여기뿐만이 아니군. 세상 곳곳으로 흩어져 나간 이들과도 연동을 시키고 있다.'

내가 발동시킨 결계를 따라 두 여자의 강력한 사념이 세상으로 퍼지고 있었다.

각성을 시키는 것과 동시에 모두가 일체된 의식과 목적을 가지도록 하는 것 같다.

'사람들뿐만이 아니라 결계도 변해가는구나. 세상 사람들을 변화시키는 것도 그리 어려운 일은 아니겠군.'

지구에 존재하는 일반인들을 능력자로 변화시키는 작업의 완성은 두 여자였다.

스승님이 안배한 결계를 깨우게 되면 저 두 여자가 결계를 변형시켜 사람들을 각성시키는 것이 분명했다.

우르르르릉!

연병장에 있는 이들의 각성이 끝나고, 전 세계로 흩어진 사람들이 모두 연결이 되자 하늘이 울기 시작했다.

'각성이 끝나면 저것도 사라지겠군.'

하늘은 검은 구름 같은 장막으로 뒤덮여 있었다. 일반인들이 각성을 끝내고 나면 임무를 마친 결계는 사라질 것이고,

본래의 모습으로 돌아갈 것이다.

　우르르르릉!

　을러대듯 울어 대는 하늘은 잔뜩 먹구름이 껴있는 상태다.

　거대한 폭풍이 몰아치려는지 검은 구름은 지난 열흘간 하늘에 머물고 있는 중이다.

　이런 현상은 한반도뿐만이 아니었다.

　이변이 시작되기 전 하늘에 푸른 기운이 섬광처럼 머물고 난 후부터 오대양 육대주의 모든 하늘이 먹구름에 잠식이 되어 있는 상태다.

　실시간으로 전해지는 각종 뉴스를 통해 지구에 사는 사람들은 미지의 기상이변이 전 세계를 덮쳤다는 것을 모두가 알고 있었다.

　푸른 섬광이 나타난 이후에 태양도 보이지 않고, 별도 달도 볼 수 없는 상태가 하루하루 지속됐다.

　그동안 지구를 살아가고 있는 사람들은 두려움이라는 감정에 젖어가고 있었다.

　뉴요커인 토마스도 마찬가지였다.

　우중충한 기분에 친구인 래피와 클럽에 가고 있는 지금도 정오를 간신히 지난 시간이었지만 해질 녘을 연상시킬 정도로 어두웠다.

"칫!"

자신과 마찬가지로 빗줄기도 뿌리지 않은 채 하늘을 잠식한 구름을 바라보는 사람들의 눈가에는 두려움이 담겨 있었다.

우르르르릉!!

기분이 나빠 옴을 인식하며 고개를 돌리던 토마스의 귓가로 천둥소리가 울렸다.

"또 울어 대는군. 오늘이 며칠째지?"

토마스는 옆에서 걷고 있던 래피에게 물었다.

"십 일째일걸."

"기상학자들은 저 구름이 일반적인 구름이 아니라던데 사실일까?"

"아마 사실일거야. 저렇게 천둥만 울어 대고 있으니 말이야. 진짜 구름이었다면 벌써 비가 내렸겠지."

정부 발표로는 기상이변이라고는 하지만, 방송으로 쏟아지는 내용은 조금 달랐다.

기상학자나 과학자들이 하늘을 잠식하고 있는 검은 구름이 수증기가 올라가 만들어진 일반적인 구름이 아니라는 발표를 연신해 대고 있었기 때문이다.

하늘에 잔득 낀 채 연신 천둥만 울어 대는 터라 사람들도 기상이변이라는 정부의 발표를 믿지 않았다.

하늘에 낀 검은 구름들이 마치 살아 있는 것처럼 자신을 노려보고 있는 느낌도 그렇지만, 당연히 느껴져야 할 습기가 거의 없었기 때문이었다.

특히나 비가 자주 오는 뉴욕의 경우 대부분의 시민들이 하늘에 낀 검은 구름에 대해 의심을 가지고 있었다.

"비가 내리기나 말거나. 어서 가자. 시간 늦겠다."

해가 나지 않는 시간이 오래되자 기분을 풀기로 했다. 친구인 레오의 사촌 형이 공장 지하실을 개조해 만든 무허가 클럽을 찾아가기로 했기에 래피가 재촉했다.

"그래, 오늘은 술도 준비를 했다니까."

번쩍!

래피의 재촉에 발걸음을 옮기려던 토마스는 눈앞이 환해지는 것을 느꼈다.

털썩!

섬광의 흔적이 동공을 지나 뇌에 도달하기까지는 찰나에 지나지 않는 시간이었지만, 토마스는 정신을 길바닥에 잃고 쓰러지고 있었다.

옆에서 길을 걷고 있던 래피도 마찬가지였다. 눈앞에서 터져 나온 섬광을 본 순간 토마스처럼 길바닥에 쓰러졌다.

부우우웅!

쾅!

토마스와 래피가 쓰러진 곳으로 도로를 벗어난 택시가 덮

쳤다. 쓰러진 두 사람처럼 섬광을 본 택시 기사가 정신을 잃었기 때문이었다.

정신은 잃은 기사가 핸들을 놓치는 바람에 택시가 두 사람을 덮쳤지만 보호막 같은 것에 가로막혀 부딪친 후 멈춰 설 수 있었다.

타고 있던 기사와 승객도 에어백이 터지기 전에 보호막 같은 것이 생겨난 탓에 다치지 않았다.

이렇게 섬광을 보고 쓰러진 것은 클럽에 가기 위해 길을 걷고 있던 두 사람이나 택시를 타고 있던 사람들뿐만이 아니었다.

집에서 자고 있던 사람도, 백화점에서 쇼핑을 하고 있던 사람도 눈앞에서 일어난 섬광을 보고는 정신을 잃었다.

그런데 흥미로운 것은 사람들이 정신을 잃은 탓에 여기저기서 사고가 났지만, 토마스나 래피처럼 다친 사람이 없다는 것이었다.

뉴욕에서 발생한 일은 전 세계에서 동시에 일어났다. 사람들이 섬광을 보았고, 정신을 잃었다.

그러나 그렇지 않은 이들도 있었다. 바로 능력자들이었다.

보통 사람에게 초능력이라 부르는 것을 가지고 있는 이들에게는 이런 현상이 하나도 나타나지 않았던 것이다.

이면 조직에 속한 이들은 물론이고, 그렇지 않은 이들까지 능력을 가지고 있는 사람들 중에 정신을 잃은 이는 하나도 없었다.

알 수 없는 현상으로 인해 긴장이 극에 달했던 이면 조직들이 곧장 조사에 나섰다. 능력을 사용하는 것에 큰 지장이 없었기에 사람들을 조사하기 위해 나섰지만 별다른 성과는 없었다.

이상하게도 쓰러진 이들에게 접근은 가능했지만 만질 수가 없었기 때문이었다.

장비를 이용해 사람들을 옮기려 해 봤지만 알 수 없는 에너지를 뿌리는 배리어에 가로막혀 버렸다.

심상치 않은 이변과 쓰러진 사람들에게 접근할 수 없도록 만드는, 알 수 없는 에너지로 만들어진 배리어로 인해 상황이 심각함을 인지한 이면 조직들은 곧장 능력자들을 소환했다.

퉁구스 대폭발 이후 스팟과 게이트가 생겨나고 각 차원의 에테르가 지구에 퍼지면서 세상이 변한 것을 알기에 이 알 수 없는 현상 뒤에 일어날 일들을 대비하기 위해서였다.

상황을 파악하기 위해 움직이는 이들을 제외하고는 거의 대부분의 능력자들이 자신이 속한 조직으로 돌아가 앞날을 대비했다.

정신을 잃고 쓰러진 사람들은 열흘이 지난 후 깨어났다. 검은 구름이 하늘을 뒤덮는 시간만큼이 지난 후 사람들이 정신을 차리자 검은 구름이 사라지고 태양은 다시 나타났다.

클럽에 가기로 했던 토마스와 래피도 정신을 차리고 천천히 일어났다.

"토마스."

"그래."

"저분들 꺼내 드려야 할 것 같은데?"

"그러자. 차가 찌그러져서 나오기 힘들 것 같은데 말이야."

자신들 앞에 있는 찌그러진 차 안에 사람들이 있음을 확인한 두 사람은 문을 열기 시작했다.

"고맙네."

"고마워요."

문이 열리지 않아 나오지 못했던 두 사람은 토마스와 래피에게 고마움을 표시했다.

"저는 엘리스에요. 엘리라고 부르세요."

"나는 스티브라고 하네."

"저는 토마스고, 애는 래피에요."

생전 처음 보는 네 사람이었지만 서로의 이름을 알려주는 그들의 눈에는 따뜻함이 흐르고 있었다.

"저기도 도와야겠네."

20여 미터 떨어진 곳에서도 차량 사고로 안에 갇혀 있던 사람이 문을 두드리는 것을 본 엘리스의 말에 세 사람이 고개를 끄덕였다.

"그런 것 같네요. 가시죠."

래피가 앞장을 서서 갔고, 세 사람도 뒤를 따라가 차문을 열고 안에 있는 사람을 구해냈다.

이런 일은 뉴욕은 물론 전 세계에서 벌어졌다. 대형 사고들도 많았지만, 죽거나 다친 사람은 하나도 없었기에 모두 무사할 수 있었다.

그렇게 정신을 잃었다가 깨어난 사람들은 아무 일 없이 주변에 벌어진 사고를 수습했고, 각자의 자리로 돌아갔다.

이면 조직의 능력자들 중 세상의 변화를 파악하기 위해 근거지로 돌아가지 않았던 자들은 이런 광경들을 수시로 목격을 했기에 의아하지 않을 수 없었다.

사고가 나서 완전 타버린 차량 안에 있던 사람이 손끝하나 다치지 않은 것은 아주 흔했다.

다리 위를 달리다가 강물에 빠진 차량의 사람들도 어떻게 알았는지 다른 이들에 의해 무사히 구조가 되었다.

능력자들은 혹시나 하는 생각에 정신을 잃은 이들을 납치해서 어떻게 일인지 확인을 해보려 했지만, 그것도 할 수가 없었다.

일반인들을 잡으려 하면 강력한 에너지막이 형성되어 반발을 했고, 정신 계열의 능력을 사용해 봐도 통하지 않았기 때문이다.

한두 사람이 아니라 일반인 모두가 그랬다.

정신을 잃기 전까지만 해도 일반인이었는데 깨어난 후에는 능력이 통하지 않았다.

　세상이 변하면서 사람들도 변했다는 것을 능력자들도 확실히 알 수 있었다.

　자신들의 능력이 하나도 통하지 않는 탓에 능력자들은 충격을 받을 수밖에 없었다.

　능력자들은 곧바로 근거지로 돌아갔고, 자신들이 확인한 내용을 보고했다.

　근거지에도 같은 일이 벌어지고 있었다. 이면 조직 내에도 일반인들이 있었기에 알고 있던 것이다.

　결계로 보호되고 있었음에도 하나같이 정신을 잃은 뒤에 깨어났을 뿐만 아니라 능력이 통하지 않았던 것이다.

　수뇌부는 고민에 빠져 있다. 깨어난 일반 조직원들은 이런 상황에 대해 뭔가 알고 있는 것 같았는데 일절 말을 하지 않았고, 조직의 일도 관여를 하지 않았기 때문이었다.

　침묵으로 일관하며 협조하지 않는 일반인들을 보며 이면 조직의 수뇌부들은 전전긍긍하지 않을 수 없었다.

　폐쇄적인 장소에 일단 가두어두려고 했지만 일반인들은 이를 거부했고, 반항하는 이들을 죽이려고도 해 봤지만 그럴 수가 없었다.

　초월에 이른 수뇌부가 능력을 사용했지만 전혀 통하지 않았고, 총도 사용했지만 에너지로 이로어진 배리어 같은 것이 생겨나 총알을 막아버렸던 것이다.

같은 조직원이기는 하지만 속으로는 하인처럼 하찮게 여겨 왔던 이들이 무서워졌다. 강제할 수 없는 수단이 하나도 없었기 때문이었다.

특이한 능력을 보유하지는 않았지만 인간 본연의 힘의 극대화 시킨 일반 조직원들은 이제 위협적인 대상이었다.

등을 돌리게 된다면 누구보다 치명적이 될 수 있는 이들이 었기 때문이다.

60억 명이 넘는 전 세계 인구 중에 능력자들은 100만 명이 채 되지 않는다. 0.000017퍼센트 능력자들이 세상을 지배해 왔는데 이제는 그럴 수가 없게 되었다는 것을 깨달았다.

그동안 쌓아 놓은 부와 조직이 있기는 하지만 그것만으로 는 얼마나 버틸지 알 수가 없는 상황이었다.

이면 조직에 대해서 낱낱이 까발려지는 것은 물론이고, 보통 사람에게 자신들의 능력이 통하지 않는다는 것이 알려지는 것은 시간문제였기 때문이다.

능력자가 아닌 조직원들은 이미 자신들의 손을 떠났다고 봐야했기에 이면 조직의 수뇌부들은 특단의 조치를 내렸다. 일반인들을 떠나도록 한 것이다.

수뇌부의 통보에 근거지에 있던 일반인들을 모두가 두말없이 근거지를 떠났다.

놀라운 것은 능력자들과 혈연관계에 있는 이들 중에 능력을 각성하지 못한 일반인들도 모두 떠나버렸다는 것이다.

골든 게이트에서도 일반인들을 모두 떠나보냈다.

도널드 마시 국방부 장관을 비롯해 암중에서 군산복합체를 이끌고 있는 맥클레인 앤트, 에너지 관련 산업을 이끌고 있는 마이드 호네, 그리고 미디어 통신을 장악하고 있는 헬렌 라보드 등 수뇌부를 이루는 4인의 위원은 상황이 심각하게 돌아감을 인식하고 회의를 하고 있었다.

"그게 무슨 소리냐?"

도널드 마시는 명목상의 의장인 케인 더글라스를 바라보며 물었다.

"골든 게이트와 연관이 없는 혈족들이 모두 사라졌습니다."

"어디로 갔는지 모른다는 말이냐?"

"그렇습니다."

"제기랄!!"

도널드가 신경질을 내며 인상을 찌푸렸다.

골든 게이트에 관여하지 않고 바깥에서 활동하던 수뇌부의 혈족들이 어느 순간 연락을 끊고 사라져 버렸다는 보고는 충격이었다.

다른 조직들과는 다르게 골든 게이트에서는 능력이 없는

혈족들은 조직의 일에 관여를 시키지 않았다. 그리고 조직에 관해서는 철저한 비밀을 지켜왔다.

도널드만 하더라도 20여 명에 달하는 직계 혈족 중 일곱 명이 일반인이었는데 사라져 버렸으니 화가 나지 않을 수 없었다.

다른 위원들도 다르지 않았다. 각자의 혈족 중 능력이 없는 이들은 전부 사라져 버렸다는 보고를 케인으로부터 받은 후부터 침통한 표정을 짓고 있었다.

"문제는 그것만이 아닙니다."

"다른 문제는 또 뭐냐?"

도널드가 신경질을 내며 물었다.

"게이트 내에서 불고 있는 에테르 폭풍 때문에 정제된 에테르가 수급되지 않고 있습니다."

"프로젝트를 전부 중단해야 된다는 말이냐?"

"벌써 한 달 가까이 정제된 에테르가 수급이 되지 않아 재고가 전혀 없습니다."

"정말 빌어먹을 상황이군."

케인의 보고에 마이드가 투덜거렸다.

지구에서 각 세상의 에테르들이 융합되고 있는 상황에서 자신들의 에테르는 전혀 변하지 않고 있는 중이었다.

그동안 브리턴의 에테르를 기반으로 권능을 키워왔다. 가지고 있는 힘의 절반 정도를 융합된 에테르와의 반발을 줄이는데 쓰고 있는 터였다.

에테르 융합이 진행될수록 힘을 더 쓰고 있는 중이라 브리튼에서 공급되는 정제된 에테르는 자신들에게 목숨 줄이나 마찬가지였다.

"휴우, 그동안 정제된 에테르를 얻기 위해 별의별 짓을 다 했는데 이제는 어떻게 해야 할지 판단이 서지를 않는군."

도널드가 한숨을 토해내며 말했다.

"어느 정도 우리가 원하는 목표는 달성했지만 이제 정말 얼마 남지 않았는데 큰일이네요. 격이 한 차원 더 높아지면 이런 제약쯤은 아무 것도 아닌데……."

헬렌도 맞장구를 쳤다. 그동안 정제된 에테르를 얻기 위해 해온 노력이 아쉬웠기 때문이었다.

이면 조직들이 특별한 힘을 가지게 된 배경에는 스팟과 게이트에서 흘러나오는 에테르의 영향이 컸지만, 실질적인 이유는 조금 달랐다. 수뇌부들이 권능을 얻을 수 있었던 것은 바로 정제된 에테르를 사용했기 때문이었다.

퉁구스 대폭발이후 제일 먼저 생겨난 것은 스팟이었다.

스팟에서 흘러나온 에테르로 인해 그저 명맥만 이어가던 이면 조직들의 능력자들은 본래의 힘을 어느 정도 되찾았다.

흥미로운 일은 일부이기는 하지만 능력을 되찾은 것은 물론이고, 권능에 가까운 힘을 얻은 자들까지 나타났다는 것이다.

이면 조직들은 게이트 안으로 들어가면 훨씬 더 강력한 권능을 찾을 수 있을 것이라는 확신하에 행동을 개시했다.

수뇌부 중 일부가 게이트 안으로 들어가 탐사를 시작했고, 예상대로 권능을 얻을 수 있었다.

그렇다고 해서 좋은 일만 있었던 것은 아니었다. 안으로 들어간 자들은 비록 권능을 얻기는 했지만 지구로 귀환할 수는 없었다.

가지고 있던 에테르가 게이트 안의 세계의 것으로 본질이 바뀌었기 때문이었다.

에테르의 변화로 인해 지구로 돌아오게 되면 남는 것은 죽음뿐이었다. 지구의 에테르와 변화된 에테르가 반발해 폭발해 버리니 살 수가 없었던 것이다.

다른 세계로 넘어간 후 권능을 가지게 된 이들도 마찬가지였다. 격이 한 차원 높아져 신화의 존재들에 비견되는 강대한 힘을 소유하게 되었지만, 지구로 귀환해도 얼마 버틸 수가 없어 되돌아가야 했다.

게이트 안으로 다시 돌아간 수뇌부들은 발이 묶이게 되어 어쩔 수 없이 다른 세계에 정착을 할 수밖에 없었다.

다른 세상에 남게된 그들은 세력을 구축했다. 가지고 있는 강대한 권능의 힘으로 세계를 제패할 수 있었고, 지구로 귀환하기 위해 가진 노력을 다 기울였다.

그러나 지구로의 귀환은 두 가지 이유로 인해 절대로 불가능한 일이었다.

하나는 게이트 너머의 세계와 지구의 시간이 달리 흐른다는 것이었다.

지구에서의 하루 정도가 다른 세계에서는 1년에서 2년 정도였기에 처음 건너간 세대들은 방법을 찾기 전에 이미 죽어버렸던 것이다.

남아 있던 후대들도 마찬가지였다.

처음 세대에 일부나마 지구의 에테르가 남아 있었지만 후대로 갈수록 다른 세상의 에테르 완벽하게 적응해 버려 귀환할 엄두조차 내지 못했다.

두 번째 불가능한 이유는 지구의 이면 조직에서 발휘되는 영향력으로 인한 것이었다.

처음 건너간 세대들은 만약의 사태를 대비해 지구의 수뇌부와 강력한 영적 연결을 한 상태였다. 모든 것을 공유하기에 문제가 생길 경우 즉각적으로 알 수 있게 하기 위해서였다.

문제가 된 것은 게이트 너머의 다른 세상들이 지구로부터 파생되어 만들어졌다는 것이었다. 근원이 지구였기 때문인지 영적 연결이 대등한 관계에서 종속적인 관계로 변해버린 것이다.

그것만이 아니었다.

처음 세대는 그나마 지구의 영향력에서 어느 정도 벗어날수 있었지만 후대는 그렇지 못했다. 이상하게도 영적 연결은 세대를 거듭해 유전처럼 이어져 버렸기 때문이다.

다른 세상의 에테르에 완벽하게 적응할수록 영적 종속의 영향력은 더욱 커져만 갔고, 금제가 되어 버렸다.

세대가 교체되면 될수록 영적 종속이 강화되자 지구의 이면 조직들은 다른 세상으로 간 사람들을 노예처럼 부렸고, 그들이 제패한 세상은 지구의 지원 기지 역할을 해야만 했다.

그중 가장 중요한 역할은 정제된 에테르를 지구로 보내는 것이었다.

정제된 에테르는 몬스터로부터 추출되는 마정석이 힌트가 되어 만들어졌다.

다른 세계로 건너간 이들이 보내온 마정석은 스팟이나 게이트에서 흘러나오는 에테르보다 월등한 효과를 발휘했다. 마정석을 관찰하고 연구해 순수한 에테르를 고농도로 압축하는 방법이 개발되었다.

그러자 마정석이 가지고 있는 것에 몇 십 배에 달하는 에테르를 농축할 수 있었고, 그것을 이용해 권능을 높이는 작업이 빠르게 진행이 되었다.

정제된 에테르는 지구에서 권능을 얻게된 존재들에게 있어 격을 높이는 사용되는 핵심이 되는 자원이었다.

그러나 다른 세상에 정착한 이들이 정제된 에테르를 지구로 보내는 것은 가혹한 일이었다. 자연스럽게 지구로 흘러들어오고 있는 에테르와는 달리 정제된 것은 직접 가지고 와야

했기 때문이다.

처음에 그러한 작업을 담당한 이들은 아직 완벽하게 융화되지 않아 지구의 에테르를 가지고 있는 능력자들이었다. 직접 게이트를 넘어와 정제된 에테르를 건넨 능력자들은 전부 죽음을 맞이해야 했다.

지구의 에테르로 인해 어느 정도는 버틸 수 있었지만 어느 정도 시간이 지나면 반발력을 이기지 못하고 폭발하듯 산화해 버렸던 것이다. 에테르간의 반발로 인해 운반하는 것 자체가 죽음을 담보로 하는 것이었다.

사실 세계대전 당시 이면 조직 간의 전쟁을 멈춘 신화 속의 존재들도 바로 이들이었다. 그들은 다른 세계로 건너간 자들의 후예 중 누구보다 강렬하게 자유를 갈망했던 이들이었다.

그들은 지구에 건너온 후 정제된 에테르를 이면 조직에 건네지 않고 자신에게 사용해 강제로 영적인 연결을 끊어버렸다. 정신이 붕괴되어 소멸에 이르는 길을 택한 것이다.

영적으로 종속되어 어쩔 수 없이 지구로 귀환해야 했지만 어차피 죽을 바에야 자신들의 후대를 위해 반란을 일으킨 것이다.

반란을 일으킨 이들은 많은 일들을 했다. 제일 먼저 한 일은 스팟과 에테르를 비틀어 이면 조직의 능력자들이 성장하는 것을 막았다.

그리고 정제된 에테르로 인해 신화에 나오는 신들과 같은 능력이 생기자 성장할 가능성이 높은 이면 조직의 능력자들을 제거함으로서 막대한 피해를 안겨 주었다.

그것뿐만이 아니었다. 그들은 자신의 모든 것을 바쳐 권능을 얻을 수 있는 노바를 남겼다. 격을 갖춘 존재가 자신들의 노바를 얻어 이면 조직의 대적자가 되기를 바랐던 것이다.

이 모두가 자신의 후대들에게 채워진 족쇄를 끊기 위한 시간을 벌기 위한 안배였다.

게이트를 넘어온 이들 중 상당수가 이런 행동을 보였고, 특히나 노바를 얻은 후 나타난 대적자들은 이면 조직에게 지속적인 피해를 안겼기에 매우 성공적인 안배였다.

대적자들은 이면 조직들에게 상당한 경각심을 심어 주었다. 아주 강력이 적이 존재한다는 인식을 심어줄 수 있어 이면 조직들의 행보를 주춤하게 만들 정도였다.

냉전 시대에 돌입하고 나서 이면 조직들의 수뇌부가 대적자의 정체를 알기 위해 직접 나섰다. 권능에 가까운 능력을 소유하고 있었기에 얼마 지나지 않아 게이트를 넘어온 이들의 의도를 완전히 파악할 수 있었다.

정제된 에테르를 가지고 오는 자들이 위험하다는 것을 인식한 이면 조직들은 다른 방법을 찾았다. 게이트를 건너오는 자들에게서 직접 건네받는 것이 아니라 간접적인 방법을 찾아냈다.

방법은 아주 간단했다. 다른 세상의 존재들로 하여금 게이트 출구의 일정 지역을 결계로 차단하고, 그 안에 정제된 에테르가 주입된 마정석을 품은 몬스터들을 풀어 놓게 했다.

정제된 에테르를 마정석에 주입하는 작업이 어려웠지만 죽음을 피할 수 있었기에 다른 세상의 존재들도 적극적으로 찬성을 했다.

이면 조직들이 이런 방법을 쓴 것은 그들이 에테르 간에 일어나는 반발력을 최소화할 수 있는 방법을 발견했기 때문이었다.

에테르 맵을 제약해 성장하지 못하도록 막은 자들의 경우 에테르의 반발이 아주 미미했다. 건전지처럼 에테르를 소모하면 내부에 남지 않기에 게이트를 드나들더라도 산화하지 않았다.

이면 조직들이 그렇게 육성한 존재들이 바로 에테르의 성장에 제약을 가한 테라 나인과 같은 전위들이었다.

이면 조직들은 정제된 에테르의 전달자로서 제약을 가한 자들을 투입해 결계 안에 풀어놓은 몬스터를 사냥해 마정석을 채취함으로서 정제된 에테르를 얻었다.

그러나 차훈의 의도로 다시 지구로 돌아온 탱크로 인해 전위 조직들이 에테르를 축적할 수 있게 된 후 독립을 하자, 정제된 에테르를 가져오는 일이 중단이 되어 버렸다.

다급해진 이면 조직들은 다른 방법을 찾았다. 전위들을 이용하는 방법과 비슷했지만 이번에는 문제가 될 소지를 싹 없애 버렸다.

고정화된 에테르 맵만 사용할 수 있게 인체를 개조하고 정신마법으로 세뇌를 한 꼭두각시들을 만들어 정제된 에테르를 가지고 오는 것이었다.

그렇지만 그것도 얼마가지 않았다. 게이트 너머의 세상이 변해 버린 탓에 또 다시 정제된 에테르를 가져오는 방식을 바꾸어야 했던 것이다. 게이트 너머의 세상이 변하자 몬스터들이 품은 마정석에 에테르를 더 이상 주입할 수 없게 된 탓이었다.

정제된 에테르를 몬스터의 마정석에 주입하는 순간에 폭발을 해버리니 어쩔 수 없는 일이었다.

이면 조직들은 꼭두각시로 만든 능력자들을 게이트 안으로 들여보낸 후 영적으로 예속된 존재들에게서 정제된 에테르를 직접 받아오게 했다.

그렇게 정제된 에테르를 확보해 왔지만 지구가 장막과 같은 검은 구름에 휩싸이고, 일반인들이 의식을 잃고 쓰러졌다가 일어난 후에는 모든 것이 바뀌었다.

에테르 폭풍으로 인해 게이트가 닫혀 버린 탓에 정제된 에테르를 얻는 다는 것이 불가능하게 되었던 것이다.

정제된 에테르가 없다는 것은 이면 조직에게는 치명적이었다. 특히 수뇌부에게는 권능을 유지하고 성장시키는데 핵심적인 역할을 하기 때문이었다.

격을 한 차원 더 높여 대차원의 창조주에 준하는 권능을 가져야 융합된 에테르의 반발을 막고 존재 자체를 유지할 수 있기 때문이었다.

제3장

"헬렌!"

지난 일들을 생각하던 도널드가 헬렌을 찾았다.

검은 구름 같은 장막이 쳐지는 순간부터 일어났던 문제가 어떻게 됐는지 확인하기 위해서였다.

"왜요?"

"그들과의 연락은 어떻게 됐나?"

"장막이 쳐진 직후 연결이 된 이후로는 전혀 연락이 되지 않고 있어요."

"으음."

도널드가 신음을 흘렸다.

세상의 흐름이 변하는 것을 느낀 후 가장 우려했던 사태가 다가왔음을 예감했기 때문이다.

"헬렌, 이번 사태가 발생한 후 게이트 내에서 불고 있는 에테르 폭풍을 해결하라고 연락을 취했다고 했지 않았소?"

맥클레인이 의아한 듯 물었다.

"맞아요. 하늘에 정체를 알 수 없는 장막이 드리워진 후 곧바로 연락을 취했어요. 하지만 게이트 저쪽에는 전혀 변화가 없어요. 뭔가 시도를 했다면 변화가 발생해야 하는데 말이죠."

"혹시 연결이 끊어진 것이 아니요?"

"아직 그들과의 연결이 끊어진 것은 아니에요. 끊어졌다면 제가 이렇게 앉아 있을 수 없을 테니까요. 하지만 앞으로 어떻게 될지는 나도 모르겠어요."

"크리스가의 인물이 나타났다고 했었는데 그와는 연결이 되지 않는다고 했지 않았소. 그래서 그가 크리스가의 후예가 아닐 것이라고 확신을 했는데 말이오."

"무슨 말이죠?"

"만약 그가 크리스가의 진짜 후예이고, 영적 연결을 끊었다면 어떻게 되는 것이오?"

"맥클레인, 그럴 가능성은 절대로 없어요. 각자 동의하에 연결을 한 것이지만 차원의 힘에 의해 변형이 된 것이라서요. 설사 연결된 세상을 창조한 창조주라 할지라도 대차원과 연계되어 움직이는 법칙을 깨트릴 수 없으니 말이죠."

"그러니까 만약이라는 말이오. 크리스가의 후예가 영적 연결을 끊었고, 브리턴가도 그런 것이라면 어떻게 되는 것이오?"

맥클레인이 만약이라는 상황을 강조하며 대답을 재촉했다. 영적 연결을 주관한 이가 헬렌이었기 때문이다.

"그런 것은 생각하기도 싫어요. 여러분도 알다시피 에테르가 융합되고 있어요. 브리턴에서 이쪽으로 건너와도 반발이 일어나지 않는 다는 뜻이죠. 거기다가 금제로 변해 버린 연결이 끊어졌다면 우리는 절대로 그들을 막을 수가 없어요."

"막을 수가 없다니 무슨 말이오."

"시간의 흐름이 브리턴이 훨씬 더 빨라요. 수천 년 동안 그들도 놀고만 있지는 않았을 거예요. 그동안 축적해 온 힘이 있다면 우리와 비교할 바가 아닐 거예요."

"그러면 이곳이 위험할 수도 있겠군."

듣고만 있던 마이드가 입을 열었다.

"마이드 말이 맞아요. 브리턴에서 알고 있는 게이트는 이곳이 유일하니까요."

헬렌의 대답에 마이드의 시선이 도널드에게로 향했다.

"일단은 이곳을 떠난 것이 좋을 것 같은데 도널드는 어떻게 생각하시오?"

"그렇다면 이곳을 버려야겠지. 괜히 위험을 자초할 필요는 없으니 말이야."

"도널드, 정말 그렇게 결정을 하는 건가요?"

헬렌이 재차 의중을 물었다.

"맞다. 이곳을 떠나 그곳으로 간다. 아무래도 새롭게 준비를 해야 할 것 같다."

"신중하게 결정을 해야 되요. 그곳으로 근거지를 옮긴다는 것은 그들과의 합작을 의미하니까요."

"안다. 하지만 그들도 우리와 비슷한 상황일 것이 분명하다. 대등한 입장이니 그리 불리할 것도 없다."

"나도 그렇다고 본다, 헬렌."

맥클레인이 도널드를 지지하고 나섰다.

"마이드는 어떻게 할 거죠?"

"나도 그렇게 생각한다, 헬렌."

"그럼 결정이 됐군요. 알았어요. 나도 찬성이에요. 그럼 지금부터 51구역으로 근거지를 옮기죠."

"시간이 없는 것 같으니 각자의 기반을 최대한 빨리 옮기도록 해야 할 것이다."

"알았어요."

"알겠네."

"그러지."

결정이 내려지자 곧바로 행동을 개시했다. 브리턴과 통하는 게이트가 있는 엠파이어 스테이트 빌딩을 벗어나 자신들의 근원이라고 할 수 있는 51구역으로 모든 것을 옮겼다.

이런 형상은 골든 게이트에서만 일어난 것이 아니었다. 이면 조직들 대부분이 자신들의 근원이라고 할 수 있는 곳으로 모든 것을 옮겼다.

이민 조직들은 근원이 되는 근거지로 옮긴 후 세상을 주목했다. 지금 일어나고 있는 세상의 변화에 대해서 확실히 상황을 파악해야 했기 때문이다.

특하나 이면 조직들이 주목한 것은 두 가지였다.

일반인들에게 자신들의 능력이 왜 통하지 않는지와 게이트 너머의 존재들이 언제 지구로 건너오는지에 대해서였다.

제주도에 있는 수용소를 떠나 세상을 다니며 변화가 어떻게 진행이 되고 있는지 확인했다.

이곳저곳 많이 돌아다녔다. 오대양 육대주를 돌며 안배의 성공 여부를 확인했다.

결과는 아주 성공적이었다.

특급 능력자 정도밖에 되지 않는 이들이 주관했다고는 믿을 수 없을 정도로 스승님의 안배는 아주 잘 진행되고 있었다.

'스승님께서 자신의 소멸을 기반으로 안배를 남기셨기 때문이겠지.'

세상으로 퍼진 결계는 간단한 것이 아니다.

초월자가 능력을 사용해도 통하지 않을 정도라면 그 이상의 의지가 막아야 하는 것이다.

초월자로 전락해 비록 격이 낮아지기는 했지만 대차원의 창조주였기에 근본은 바뀌지 않았을 것이다. 태초의 존재이며 스스로 존재했던 근원의 힘은 같은 격을 가진 존재라도 소멸시킬 수 없을 것이니 말이다.

스승님은 의식 속에 깊숙하게 봉인되어 있는 근원의 힘을 아낌없이 사용했다. 자신이 가진 모든 것을 희생해 대차원의 영역을 간섭해 안배를 완성했기에 초월자들도 제 능력을 발휘하지 못하는 것이다.

'이제부터 시작이다. 스승님의 안배는 내 계획과 그리 다르지 않으니.'

방법은 조금 다르지만 세상을 바꾸고자 하는 목적은 같다. 일그러진 대차원의 여파로 인해 망가져 버린 이 세상을 개혁하는 것 말이다.

능력자들에게 유린되어 온 이 빌어먹을 세상을 바꾸려 계획을 세웠지만 이제 조금은 수정을 해야 할 것 같다.

스승님의 안배가 성공한 이상, 조금 더 안전하게 세상을 바꿀 수 있을 테니.

'일단은 가이아를 만나봐야겠군.'

큰 변화가 생겼을 테니 가이아가 만들어 놓은 비밀 기지로 가야 할 것 같다. 지금 상황을 오판하고 정화 작업을 시작한다면 돌이킬 수 없는 일이 발생해서다.

팟!

남아메리카 지역을 확인한 후 가이아가 만든 비밀 기지로 공간 이동을 했다.

별장식 오두막에 도착한 나는 곧바로 펜트하우스로 갔다.

가족들과 사람들의 상태를 살펴보니 아주 좋았다. 최상의 컨디션을 유지하고 있었다.

'이제 인지를 방해하는 결계를 해제해야겠군. 가이아라 할지라도 어떻게 할 수 없을 테니.'

이제는 격이 완전히 갖추어졌기에 그동안 가족들을 보호하던 결계를 거두었다. 신격이 만들어졌기에 장모님과 연미를 얽어매던 가이아와의 고리도 끊어진 상태라 아주 만족스러웠다.

'지금은 때가 아니니 갔다 온 다음에 보도록 하자.'

만나고 싶었지만 내가 기지로 돌아 왔다는 것을 알리지 않고 곧바로 상황실로 갔다.

상황이 어떤지 알아보기 위해 상황실과 군인들의 모습을 지켜보았다. 인식의 빈틈을 파고들었기에 내가 이 기지에 다시 돌아온 것을 알아차린 이는 없었다.

'으음, 꽤 바쁜 모양이군.'

수많은 사람들이 바삐 움직이고 있었다. 갑작스럽게 벌어진 사태로 인해 비밀 기지의 사람들은 눈코 뜰 새 없이 바빴다.

이면 조직들이 하나둘 모습을 감추기 시작했고, 게이트들도 변화의 조짐을 보이고 있었기 때문이다.

'그나저나 가이아는 그곳에 있는 건가?'

가이아의 모습은 보이지 않았다. 지하 맨 밑바닥에 있는 게이트에 머물고 있는 것이 분명했다.

상황실에서 근무하는 자들이 세계의 변화를 인지하고 잘 대처하는 것 같아 가이아가 있는 곳으로 가기로 했다.

공간 이동을 해서 게이트에 도착했다. 게이트를 쳐다보며 가부좌를 틀고 앉아 있는 가이아를 볼 수 있었다.

가이아는 인간의 모습을 하고 있었는데, 한눈에 보기에도 무척이나 고혹적이었다.

'아무리 가이아라 하더라도 함부로 게이트를 넘을 수 없을 테니 저러고 있는 모양이군.'

가이아는 지금 게이트에서 흘러나오고 있는 에너지를 살피고 있는 중이다. 연신 고개를 저으며 무엇인가 어찌된 영문인지 살피려는 모습니다.

뭔가 알아낼 때마다 미소가 맴돌았지만 전반적으로는 아주 심각한 안색을 유지하고 있었다. 에테르인 동시에 카오스이기도 한 융합된 에너지를 살피는 것이 분명했다. 그렇지만 그리 큰 성과는 없는 것 같다.

'새로운 세계의 기반이 되는 의지가 작용한 것이라 초월을 넘어선 가이아도 쉽게 파악이 되지 않는 모양이군. 가이아라 할지라도 스승님의 안배를 완전히 파악할 수는 없었을 테니 당연

한 일이겠지만.'

기척을 약간 드러내며 가이아에게로 다가가자 그녀가 고개를 돌렸다.

가이아의 눈에는 경악이 서려 있었다. 믿을 수 없다는 불신의 빛도 역력하다.

'후후후, 이제 본격적으로 드러내기 시작했으니 놀랄 만도 하겠군.'

그동안 젠의 도움을 받아 내가 가지고 있는 권능의 대부분을 감춰왔지만 새로운 세상에 다녀온 후부터 일부를 드러냈다.

지금까지 가이아는 나를 초월자 정도로 보고 있었을 것이다. 그런데 자신과 같은 반열의 격을 갖추고 있는 것으로 보일 테니 가이아가 저렇게 놀라는 것도 당연하다.

"으음, 무서운 사람이군요. 아니, 당신이 사람인지조차 의심스럽군요. 그동안 나를 속여 온 건가요?"

나를 대하는 가이아의 말투가 달라졌다. 미약한 존재가 아니라 자신과 동격으로 대하고 있었다.

"아니, 이번에 깨달음을 조금 얻었을 뿐이야. 덕분에 조금 강해졌고."

"당신이 무엇을 하고 왔는지 정말 궁금하군요. 지금의 이 상황은 당신 작품인가요?"

"아니."

"으음."

표정이 다시 심각해진다.

'굳이 알려줄 필요는 없으니까.'

지구는 물론이고, 차원과 연결된 모든 세상의 초월자들을 의심하고 있는 상황이라 진실을 말해 주지는 않았다.

그리고 스승님이 하신 것에 약간 거들었기는 하지만 엄밀히 따지면 내가 한 것이 아니었기 때문이기도 했다.

'더 이상 묻지 않는 것을 보면 스스로 판단한 모양이군.'

궁금한 것이 많았지만 더 이상은 묻지 않는다. 격을 갖춘 존재라 내 말의 진실 여부를 스스로 판단한 것 같다.

"당신이 원하는 일을 하기 위해서 몇 가지 조치를 취하기는 했지. 지금 이 상황도 조금 관여가 되어 있기는 하지만 전적으로 내가 한 것은 아니다."

"그럼 준비가 벌써 끝난 건가요?"

오랫동안 염원하던 일이었기에 가이아의 눈빛이 변한다.

"아니! 진짜는 지금부터 시작이지."

"지금부터 시작이라니 무슨 말이죠?"

"초월자를 소멸시키는 것 자체가 세상을 바꾸는 일인데 쉽게 갈 수는 없지 않겠어?"

"말에 묘하게 가시가 있네요?"

"후후후, 그렇게 생각하면 할 수 없는 일이고."

"알았어요. 좋게 생각하기로 하지요. 그런데 여기는 어떻게 왔지요? 쉽게 올 수 없는 곳인데."

"공간 이동을 해서 온 건데 내가 잘못한 것인가?"

"아니에요. 나를 보러 온 것은 아닐 테고, 여기는 무슨 일로 온 건가요?"

"약속했던 일을 수행하러 왔지. 별거 없어."

"내 세상으로 기어들어 온 벌레 같은 놈들을 쓸어버리기 위해서 여길 왔다는 말인가요?"

"맞아."

"여기에 도대체… 설마!"

나에게 말을 하다가 게이트를 쳐다본다.

"맞아, 저 게이트 안쪽으로 들어가려고 해. 놈들을 소멸시키기 위해서 말이야."

"어, 어떻게?"

말까지 더듬으며 나를 본다.

'가이아도 장담할 수 없을 정도로 위험하게 변했으니 믿을 수가 없겠지.'

이곳은 다른 곳과는 달리 지금까지 한 번도 불안정한 적이 없던 게이트다. 스승님의 안배로 세상이 변하고 사람들이 변하는 순간부터였을 것이다.

지금 게이트 안쪽에는 엄청난 에테르 폭풍이 불고 있다. 가이아는 물론 신이라 할지라도 갈아버릴 수 있는 차원의 비틀림이 진행되고 있는 것이다.

그런 곳을 들어가겠다고 하니 믿을 수 없을 것이다.

"후후후, 다른 존재는 몰라도 나는 저 게이트 너머의 세계로 살 수 있으니 그렇게 놀란 표정은 짓지는 마. 나도 자살하는 것이 취미는 아니니까."

"알았어요. 무사히 넘어갈 수 있다고 치죠. 그런데 뭘 할 생각인 가요?"

"나에게 전적으로 맡기지 않았나? 당신이 이곳에 있어봤자 알 수 있는 일은 없을 테니까 이면 조직들의 움직임이나 조사를 해줬으면 좋겠군."

"으음."

가이아를 지나쳐 게이트로 다가갔다.

스승님의 안배가 시작됐으니 내가 세운 계획을 진행시키기 위해서 게이트를 넘었다.

게이트를 넘자 에테르 폭풍이 차훈을 비껴가는 것이 보였다.

"저, 저럴 수가!"

가이아의 눈이 한없이 커졌다.

세계의 기반이 되는 것이 에테르기에 게이트 너머의 마나 마스터라 할지라도 불가능한 일이었기 때문이다.

"내가 선택을 잘못한 건가?"

자신과 격이 비슷할 것이라고 생각했는데 착각이었다.

세계를 구성하는 에테르의 영향을 받지 않는다는 것은 인과율 시스템에도 전혀 구애를 받지 않는 다는 뜻이다.

그런 권능을 가진 존재는 단 하나뿐이다.

자신을 지구에 남겨 놓고 오래 전에 차원을 떠나 버린 창조주만이 가진 권능이다.

차훈은 분명 지구에서 태어난 존재다. 자신이 속한 차원의 창조주라고 절대 볼 수 없기에 가이아의 고민이 깊어졌다.

"일단 내 힘을 이어받았는지 확인을 해야 한다. 어쩌면 그조차 나를 속인 것인지도 모르니."

방금 전에도 차훈으로부터 자신의 향기를 맡을 수 있었다.

이미 처음 만났을 때 김소정에게서 추연미로, 그리고 다시 차훈에게 자신의 권능이 이어졌다는 것을 확인했지만 이제는 믿을 수가 없었다.

가이아는 인간의 신체를 버리고 정신체로 화신한 후 곧바로 펜트하우스로 향했다. 김소정과 추연미를 확인하기 위해서였다.

'으음, 어떻게 이럴 수가…….'

하나같이 신격을 갖추고 있었다. 지구를 침범해 온 존재들보다도 훨씬 강한 신격을 가지고 있다는 사실에 충격을 받지 않을 수 없었다.

'어쩌면 테라 나인도 저들과 같이 변했을지 모른다.'

테라 나인도 변했을 것 같은 생각이 들었다. 짐작이기는 하지만 확신에 가까웠다.

심혈을 기울려 키운 테라 나인과의 연결 고리를 끊은 것이 실수라는 생각이 들었다.

'저렇게 신격을 갖출 수 있도록 한 것을 보면 작은 깨달음 같은 것이 아니었을 것이다. 그리고 깨달음을 얻었다고 할 수 있는 일도 아니고……'

차훈이 자신의 선택으로 이곳에 오기는 했지만 무섭다는 생각이 들었다.

완벽하게 자신을 감추고 이제는 어떻게 할 수 없는 존재가 되어 버렸기 때문이었다.

'그가 한 말을 믿어야 하지만……'

격을 가진 존재로서 자신과 약속을 했다. 그리고 방금 전에도 인간이 아닌 존재로서 벌레들의 소멸을 위해 시작한다는 말을 들었다.

거짓이 아니라는 것을 알기에 혼란스러웠다.

'일단 지켜보자. 그리고 그가 말한 대로 이면 조직들을 살펴보자. 그가 그렇게 말한 데는 이유가 있을 테니까.'

이면 조직을 살펴보라는 말에는 이유가 있을 것이다. 인간이 아닌 격을 갖춘 존재로서 말한 것이었기 때문이다.

가이아는 곧바로 장로들이 있는 곳으로 자신의 의지를 보냈다. 정신체로 이루어진 가이아의 몸이 이동하는 데는 순간이면 족했다.

가이아가 이면 조직들을 살피기 위해 움직이기 시작할 무렵 이면 조직들은 매우 바쁜 상태였다.

전 세계의 이면 조직들이 그동안 머물러 왔던 근거지를 떠나 자신들만의 비밀스러운 장소로 이동을 하고 있었기 때문이다.

그것은 미국에 있는 골든 게이트 또한 마찬가지였다.

모든 일반인들을 근거지인 엠파이어 스테이트 빌딩을 떠나자 게이트와 연구소를 폐쇄한 후 몇몇 능력자를 남겨 지키게 하고는 51구역으로 이동한 상태였다.

이면 조직들이 전부 자신의 근원으로 돌아갔다는 것을 확인한 가이아는 장로들에게 명령을 내렸다.

일반인들의 상태를 살피라는 명령이었다.

게이트 너머로 떠난 차훈의 진정한 의도는 일반인들에게 있을지도 모른다는 예감 때문이었다.

며칠이 지나지 않아 보고가 속속 들어왔다.

생물의 상태를 살피고, 가이아의 의도대로 진화하고 있는지 알 수 있는 능력을 지닌 장로들이 사람들을 파악할 수 없다는 보고였다.

예상을 한대로 사람들이 바뀌고 있지만 파악할 수 없다는 사실을 확인한 가이아는 세상으로 직접 나가 사람들을 살폈다.

'역시, 나도 사람들이 어떻게 바뀌고 있는지 파악이 되지 않는구나.'

지구에 존재하는 모든 생명체의 근원이라고도 할 수 있는 자신조차도 사람들이 어떻게 바뀌었는지 파악이 되지 않았지만, 가이아는 그리 놀라지 않았다.

차훈을 만나면서부터 느껴지던 알 수 없는 예감 때문이었다.

'어쩌면 그는 이 지구의 인과율 시스템을 완전히 장악했는지 모른다. 내가 사람들의 진화를 파악하지 못하는 경우는 인과율이 회피할 때뿐이니까 말이야.'

그동안 차훈이 자신의 시선을 피한 적이 한 두 번이 아니었다.

생명체라면 그것이 미물이건, 격을 가진 존재이건 피할 수 없었다. 자신의 시선을 회피할 수 있는 것은 인과율을 벗어날 때뿐이었다.

'그렇지만 사람들을 변화시키는 작업에 어째서 나를 배제한 거지?'

첫 번째 정화의 때처럼 모든 생명체를 소멸시킬 수 있는 능력이 자신에게 있기에 의문이 아닐 수 없었다.

마음만 먹는다면 언제든지 파국을 만들 수 있는 자신을 제외한 이유가 분명이 있을 것이다.

'게이트를 넘어갔으니 뭔가 또 다른 변화가 있을 것이다. 결정은 그때 하도록 하자.'

새로 시작하는 것은 언제든지 할 수 있기에 가이아는 차훈이 가져올 세계의 변화를 기다려 보기로 했다.

쾅!

51구역으로 근거지를 옮긴 후 세상을 파악하기 위해 동분서주하던 헬렌은 갑자기 뇌리를 울리는 신호에 책상을 쳤다.

산산이 부서져 나가는 책상을 바라보는 그녀의 두 눈에는 분노의 빛이 이글거렸다.

"어째서 연결이 끊어진 거지?"

의식의 한쪽이 없어지는 느낌과 함께 브리턴과의 연결이 갑자기 끊어져 버렸다.

"이럴 때가 아니다."

헬렌은 긴급회의를 소집하고 전화기를 집어 들었다. 권능을 통해 권속을 연결하는 것이 편했지만 에테르의 반발로 인해 불편함을 감수하고 전화를 건 것이다.

한동안 전화로 통화하던 헬렌은 얼굴이 급격히 창백해졌다. 엠파이어 스테이트 빌딩에 남겨둔 권속을 통해 뜻밖의 소식을 들었기 때문이었다.

헬렌은 급히 회의실로 향했다. 권속의 보고대로라면 우려했던 사태가 벌어진 것일 수 있기 때문이었다.

회의가 소집되어 헬렌으로부터 영적 연결이 끊어졌다는 소식을 들은 세 위원은 충격에 빠졌다.

블리자드와 함께 세상을 양분해 지배했다고 생각하던 골든 게이트의 수뇌부들은 고심이 깊어질 수밖에 없었다.

"어떻게 된 상황인지 알고 있는 사람이 있나?"

"……."

"나도 그렇고 다들 정보가 없나보군. 헬렌!"

"왜요?"

"브리턴의 베토스는 연결이 완전히 끊어진 건가?"

"조금 전에도 말을 했지만 완전히 끊어졌어요. 계속 시도를 해봐도 그의 기운조차 느껴지지 않아요."

"헬렌이 그렇다면 이제 베토스는 권속을 벗어난 상태로군."

"그 이유밖에는 없는 것 같아요. 그리고……."

말끝을 흐리는 헬렌의 모습에 모두의 시선이 그녀를 향했다.

"아직 더 확인을 해야겠지만, 브리턴으로 연결된 게이트에도 변화가 생긴 것 같아요."

"변화라니?"

"게이트가 완전히 닫힌 것 같아요."

"게이트가 닫혔다니 무슨 말이지?"

"여러분도 알고 있는 일이지만 회의를 하러 오기 전에 연구소에 연락을 해봤어요. 권속들을 동원해 조사를 해보니 주변에 있던 스팟에서도 더 이상 에테르가 흘러나오지 않고 있다고 해요. 혹시나 해서 게이트를 확인했는데 완전히 폐쇄된 것 같아요. 베토스와 연결이 끊어진 것도 어쩌면 게이트가 닫힌 것과 연관이 있는 것 같아요."

"으음."

"음."

맥클레인과 마이드가 신음을 삼켰다. 도널드 또한 곤혹스러운 표정을 짓고 있었다.

브리턴과 통하는 게이트는 헬렌이 관리하고 있었다.

다른 게이트와는 존재하는 방식이 다르기에 오직 헬렌만이 다룰 수 있었다.

"확인을 해봐도 되나?"

"그래요. 관리는 제가 하지만 열고 닫는 것은 우리 모두 모여야 가능하니까 저도 확인해 보고 싶어요."

도널드의 제에 헬렌은 눈빛을 굳히며 자세를 바로 했다. 의자에 가만히 앉아 있는 헬렌의 이마에 검은 반점이 생겼다.

검은 반점은 헬렌의 이마를 떠올라 원탁의 중심으로 날아가 멈췄다. 그와 동시에 세 사람의 이마에도 빛줄기가 나왔다.

청홍백의 삼색 빛이 검은 점에 닿자 점점 커지기 시작했다. 사람 하나가 지나가도 남을 정도의 커다랗게 변했다.

크기는 커졌지만 그 이외에는 변한 것이 아무것도 없었다.

본래라면 검은색이 아니라 브리턴의 전경을 비추고 있어야 하는데 그렇지 않았다.

"사실이군."

"으음, 완전히 닫힌 것 같군."

"연결이 정말로 끊어진 건가?"

"이제 확실하네요."

세 사람의 탄식에 헬렌이 확인하듯 말했다.

네 사람은 한동안 아무런 말도 꺼낼 수 없었다. 충격도 충격이지만 자신들의 의도와는 다르게 변해 버린 상황에 대해 아는 것이 아무것도 없었기 때문이었다.

자신을 제외한 3인의 위원을 바라보던 도널드가 마침내 입을 열었다.

브리턴의 황가와의 연결이 끊어졌기에 앞으로의 대책을 논의해야 했다.

"게이트가 닫혔다면 스팟도 마찬가지 상황이겠군. 게이트가 있어야 스팟에서도 에테르가 흘러나올 텐데 말이야."

"그래요. 스팟 주변에 결계를 치기는 했지만 일절 반응을 하지 않고 있어요. 에테르가 더 이상 흘러나오지 않는다는 뜻이죠."

"골치가 아프게 됐군. 얼마 남지 않았는데."

"그렇지도 않아요. 여러분은 이곳에 온 후 권능을 점검해 봤나요?"

"권능을 점검하다니 무슨 말이지?"

"한 번 해봐요."

도널드의 물음에 헬렌은 단답형으로 대답을 하고는 입을 닫았다.

세 사람은 눈을 감고 자신이 가진 권능을 떠올렸다. 그리고는 곧장 눈을 떴다.

"어떻게 이런?"

"이게 무슨 일이지. 공간 이동을 제외하고는 모든 힘을 되찾은 것 같군."

"으음, 불가능하다고 생각했었는데……."

세 사람이 모두 한마디씩 했다. 그들의 눈에는 경악이 서려 있었다. 에테르의 반발로 인해 어느 정도 포기하고 있던 차였다. 그런 제약이 사라지고 없었던 것이다.

공간 이동을 못한다는 것을 제외하고는 가지고 있는 권능을 모두 쓸 수 있는 상태였다.

"나도 어찌 된 일인지 몰라요. 공간 이동을 못한다는 제약이 있기는 하지만 권능을 되찾은 것은 확실해요."

"원인은 파악이 됐나?"

도널드가 우려스러운 목소리로 물었다.

그토록 바라던 일이었지만 자신들의 계획이나 의지에 따른 일이 아니었기 때문이다.

무엇보다 공간 이동에 제약이 있었다. 누군가의 의도로 권능을 되찾게 되었다면 그보다 위험한 일은 없었다.

"원인은 몰라요. 권능을 되찾기는 했지만 공간 이동에 제약이 있는 것을 보면 누군가 의도적으로 이런 상황을 만든 것이 분명해요. 우리가 필요한 에테르가 지구에 가득 차오른 것도 그렇고, 다른 에테르들과 융합되지 않는 것을 보면 말이죠."

"공간 이동이 제약받는 것도 그렇고, 우리가 필요한 에테르만 지구에 차오른 것이 아니니 헬렌의 말대로 확실히 누군가 목적을 가지고 이런 상황을 만든 것은 분명하군."

"맞아요, 도널드. 지구에는 모든 세계의 에테르가 가득해요. 누군가 의도를 가지고 이런 상황을 만들지 않는 한 절대로 불가능한 일이죠."

"으음, 정말 놀랍군. 그동안 그토록 애를 썼어도 성공하지 못했는데 말이야."

맥클레인이 눈살을 찌푸리며 한마디 했다. 헬렌과 도널드의 대화가 무엇을 뜻하는지 너무도 잘 알기 때문이었다.

"절대 불가능한 일이었어요. 맥클레인. 살펴보셔서 알겠지만 지구를 비롯해 브리턴과 다른 일곱 세계의 에테르가 지구에 가득 찼지만 서로 부딪치지 않고 있어요. 나는 이런 상황을 만든 존재가 두렵기까지 해요. 그리고 이후의 상황까지도요."

앞으로의 상황을 염려한 듯 헬렌의 두 눈에는 두려움이 가득 차있었다.

지금 이어지는 일련의 변화는 신격을 지닌 그녀로서도 어떻게 할 수 없는 상황을 초래하고 있었다.

"헬렌이 두려워하는 것을 보니 브리턴이 머지않아 지구로 넘어 오겠군."

헬렌의 두려움을 읽은 마이드가 한마디 했다. 그 또한 매우 두려운 눈빛이었다.

"마이드의 생각이 맞을 거예요. 브리턴에 있는 자들이 이곳으로 넘어오지 못하게 만드는 이유가 완전히 사라진 것이니까요."

브리턴이 지금까지 지구로 건너오지 못한 이유는 에테르가 충돌하기 때문이었다. 물론, 이쪽에서도 브리턴으로 건너가지 못했다.

"브리턴이 지구로 돌아오고, 마음대로 자신들의 권능을 쓸 수 있을 테니 문제가 심각해지겠군. 더군다나 그쪽은 마법까지 쓸 수 있게 되었으니."

"그것만이 아니에요."

"또 뭐가 있지?"

"잊으셨나요?"

"내가 뭘 잊은 거지?"

"크리스가의 후계가 나타났다는 사실 말이에요."

"으음."

연락이 끊어지기 전에 크리스가의 후계가 나타나 센트 싸인으로 갔다는 사실을 베토스로부터 보고받은 사실을 기억해낸 마이드가 신음을 삼켰다.

"브리턴과 크리스가는 우리들 중 가장 강력한 무력을 보유한 곳이었어요. 우리가 제약을 걸었음에도 브리턴은 대대로 8써클의 마법사를 배출해 냈고요. 멸문했다고 생각한 크리스가의 후계가 우리가 알지 못하는 힘을 얻었다면 문제가 심각해져요."

"최악의 경우, 원래부터 가지고 있는 권능에다가 절대적인 힘을 얻은 존재들이 지구로 넘어온다는 말이군."

제약을 걸었음에도 마법이 8서클까지 올라선 브리턴가다. 제약이 풀렸을 테니 신격을 얻는다는 9서클에 오르는 것은 시간문제다. 대대로 전해져 내려오는 브리턴가의 권능과 재능은 그것을 충분히 가능하게 했다.

더군다나 브리턴가와 쌍벽을 이룬다는 크리스가다. 브리턴가의 승계와 맞먹는 연계라는 권능을 가지고 있는 크리스가다.

본래 하탄이라 이름 붙은 세상에 음모를 꾸며 두 가문을 보낸후, 크리스가를 멸문에 이르도록 공작을 한 것은 승계보다 연계의 권능이 더 무섭다고 여겼기 때문이다.

선대의 힘을 그대로 이어받아 발전시키는 승계는 한 명만 상대하면 된다. 그러나 크리스가의 연계는 다르다.

의식을 지니고 있는 존재라면 종을 불문하고 연계할 수 있는 크리스가의 권능은 보다 위협적이었다. 상대가 적이라 할지라도 자신의 편으로 만들 수 있는 권능이었다.

"그래요. 브리턴가만 넘어온다면 어렵긴 하지만 막아낼 수 있어요. 하지만 크리스가의 후계가 진짜라면 문제가 심각해져요. 크리스가의 권능을 지닌 존재가 넘어 온다면 우리 자신부터 의심을 해야 하니까요."

헬렌의 말에 다들 심각해졌다.

지구에 에테르가 충만하기를 원했지만 이런 식으로 일이 진행될 줄은 짐작하지 못했기 때문이었다.

"그것만이 문제가 아니다."

고심에 쌓여 있던 일행을 도널드가 상기시켰다.

"도널드, 뭐가 또 문제지?"

"지금 지구는 모든 세계의 에테르가 어울리고 있다. 그리고 그 때문에 우리가 하는 이런 고민을 다른 조직들도 하고 있다는 거다."

"도널드의 말이 맞아요. 다른 조직들이 부리고 있는 권속들도 마찬가지일 거예요."

헬렌이 도널드의 말을 확인해 주었다.

맥클레인과 마이드의 안색이 더할 나위 없이 찌푸려졌다.

"만약 게이트가 열리기라도 한다면 전쟁이 벌어지겠군."

자조가 섞인 맥클레인의 말에 마이드가 고개를 끄덕였다.

"맞네. 맥클레인. 자신들을 다른 세계에 버리고 끝까지 이용한 이들을 절대 용서하려 하지 않을 테니까"

"에테르가 계속 유입되고는 있지만 게이트가 닫혀 있어 정말 다행이에요. 그나마 준비할 시간은 있을 것 같으니까요. 그럼 이제 어떻게 할 건가요?"

도널드를 비롯한 세 사람은 헬렌이 무슨 말을 하는지 알아들었다. 오랫동안 우려해 왔고, 벌어지지 않도록 노력해 왔지만 지금부터 진짜 전쟁이 시작되었다는 것을 말이다.

"그동안 준비해 왔던 것들이 모두 틀어졌으니 지금부터 생각

좀 해보자고."

"그래야 할 것 같군."

"최악이 경우를 상정해 준비를 했지만 대부분 변화를 주어야 할 것 같으니 말이야."

도널드의 말에 맥클레인과 마이드가 고개를 끄덕이며 말을 이어받았다.

"그것만 생각해서는 안 될 거예요."

"일반인들을 말하는 건가?"

"그래요. 이곳에 오기 전에 다들 봤지만 일반인들에게 우리의 능력이 전혀 통하지 않게 됐어요. 가이아로 인해 인과율 시스템이 온전히 작동하지 않는 지구에서 말이죠."

"완벽한 인과율 시스템이 작동하기 시작했다는 말이로군."

"맞아요. 권능을 온전히 사용하게 되기는 했지만 함부로 쓸 수는 없을 거예요."

헬렌의 답변에 다들 인상이 구겨졌다.

가이아로 인해 인과율 시스템이 불완전한 지구였다. 그렇기에 그동안 인과율을 비틀어 올 수 있었다. 인과율 시스템이 불완전했기에 가능한 일이었지만 이제는 불가능해진 것이다.

완전한 인과율 시스템이라면 이제 자신들도 인과율에 적용을 받는다. 인과율에 적용을 받는다는 것은 카르마를 쌓을 수밖에 없다는 뜻이었다.

대차원의 창조주로 격을 높이려던 계획은 이제 아득히 멀어진 것이나 다름없었다.

지금까지 자신들을 나아가게 했던 목표나 사라진 것이나 마찬가지였기에 네 사람은 허탈한 표정으로 서로만 응시할 뿐이었다.

정적에 휩싸여 있던 시간이 지나고 도널드를 비롯한 세 사람의 시선이 헬렌에게로 향했다.

인과율을 비트는 것도 그렇고, 인과율 시스템에 관한한 헬렌이 가장 잘 알고 있기 때문이었다.

"뭐가 궁금한 건가요?"

"헬렌, 인과율 시스템에 접속은 해봤나?"

도널드의 물음에 헬렌이 고개를 저었다.

"할 수가 없었어요. 접근조차 차단되어 있는 상태에요."

"으음, 당신이 불가능하다면······."

도널드의 안색이 일그러졌다.

존재와 존재 사이의 인식 네트워크에 특화된 권능을 지니고 있는 헬렌이 접근하지 못한다는 것은 자신들도 불가능한 뜻이었기 때문이다.

"헬렌, 가이아가 나선 건가?"

신화 속의 존재들과 언제나 대적해온 가이아가 생각이 난 도널드가 물었다.

"그건 아닌 것 같아요. 그쪽도 당황하고 있는 것 같았으니까요. 이건 아예 새로운 인과율 시스템 같아요."

"으음, 새로운 인과율이라……."

"앞으로 일어날 일들을 예지한다는 것은 불가능하다고 봐야 할 거예요. 그러니 그걸 상정하고 계획을 짜야 할 거예요."

"그렇겠군."

"골치가 아프군."

"뭘 해야 할지 진짜 고민을 할 시간이군."

헬렌의 말에 세 존재는 고민에 빠지지 않을 수 없었다. 헬렌을 통해 앞으로의 일을 어느 정도 파악한 후 모든 계획을 진행시켜왔는데 이제는 그럴 수가 없었기 때문이었다.

"헬렌, 게이트는 어떻지?"

"어떻다니요?"

"언제 열릴 것 같은가를 묻는 거다."

"지금으로 봐서는 쉽게 열릴 것 같지 않아요."

"어떻게 확신하지?"

"게이트 안쪽에 엄청난 에테르 폭풍이 불고 있어요. 지구에서는 서로 섞이고 있지만 게이트 내에서는 엄청난 충돌이 일어난 것 같아요."

"세계의 에테르들이 게이트 내에서 충돌한 후 중화되어 지구로 넘어오는 건가?"

"맞아요. 지금 불고 있는 에테르 폭풍에서 지금까지 측정된 것을 수천 배 상회하는 에너지 파장이 느껴졌어요. 창조주라 해도 그런 폭풍이라면 접근하는 순간, 믹서에 갈린 고기 꼴이 될 거예요."

세상과 세상이 연결되는 게이트는 신격을 지닌 존재들도 에테르의 기반이 다르기에 섣불리 접근하지 못하는 곳이다. 에테르가 충돌해 모든 것을 잃을 수 있어서다.

안정되어 있음에도 그런데 헬렌의 말처럼 에테르 충돌로 인한 폭풍이 불고 있다면 헬렌의 판단이 틀림없었다.

"그럼, 게이트 안에서 불고 있는 에테르 폭풍이 안정을 되찾기까지 얼마나 걸릴 것 같나?"

"그동안 게이트를 연구해 온 결과로 봤을 때, 최대 삼 년에서 최소 일 년이에요. 내가 말하는 기간은 샴발라를 기준으로 계산한 거예요."

"샴발라라······. 그렇다면 길게 잡는다고 해도 일 년을 가정하고 계획을 세워야겠군."

"그러는 것이 좋을 거예요. 아니 빠르면 빠를수록 좋아요. 혹시나 몰라 게이트 입구에 결계를 치는 것도 상정해 계산한 기간이니까요."

"최대한 서둘러야겠군."

다들 일이 급박하게 돌아가는 것을 인식할 수 있었다. 1년이라는 시간이 긴 것 같아도, 준비하기에는 무척이나 짧은 시간이었다.

위원회의 수장 역할을 해왔던 도널드는 잠시 생각을 해본 후 결론을 내렸다.

"애초의 계획과는 달리 흐르고 있지만, 어차피 한 번은 치러야 할 일이었다. 차원의 주인이 되기 전에 집안을 먼저 단속한다고 생각해라. 헬렌이 하지 못한다면 인과율 시스템에 접속을 하지 못해 앞날을 예측하지 못하는 것은 우리들뿐만이 아닐 테니 각자 최선을 다하면 그만이다. 그동안 준비한 것들을 점검하고, 상황에 맞게 대처하면 되니까. 맥클레인과 마이드는 준비한 것들을 확인하고 부족한 것들을 채워라. 그리고 헬렌은 인과율 시스템에 계속 접근을 시도하면서 더미들을 이용해 최대한 정보를 수집해 보도록."

"그렇게 하지."

"알았네."

"알았어요."

어차피 정확한 상황을 파악하기 어려운 터라 도널드의 의견에 모두 수긍을 했다. 전쟁에 관한한 도널드를 따를 자가 없었기 때문이었다.

그리고 지금으로서는 인과율 시스템에 접근하지는 못하는 상황이라 준비한 것을 가지고 임기응변식으로 대처하는 방법밖에는 없었기 때문이기도 했다.

골든 게이트의 수뇌부가 어떻게 대처할 것인지 결론을 내리는 것처럼 다른 이면 조직들도 비슷한 결론을 내리고 있었다.

인과율 시스템이 불완전한 지구인 터라 그동안 앞날을 훔쳐보며 준비를 해왔던 이면 조직들로서는 더 이상의 방법이 없었기 때문이었다.

신격과 권능을 가지고 있기는 하지만 어디까지나 지구를 기반으로 하고 있었다.

인과율 시스템이 완벽해졌다면 이제부터는 구속을 받을 수밖에 없는 상황이라 다들 신중할 수밖에 없었던 것이다.

식민지의 총독처럼 다른 세계로 건너간 이들을 영적 연결로 지배하고 있던 다른 조직들도 마찬가지였다.

헬렌과 브리턴가의 연결이 끊어지는 것과 동시에 다른 이면 조직들도 영적 연결이 끊어졌다.

다른 세계에 존재하는 권속들과의 연결이 갑작스럽게 끊어져 버린 것을 확인한 후 이면 조직들도 긴급회의를 소집한 후 대책을 논의했다.

그러나 그들도 골든 게이트와 별로 다르지 않았다. 세상이 알수 없게 변했다는 것과 자신들에게 인과율이 적용되기 시작했다는 것을 알 수 있었을 뿐이었다.

이런 사실들은 이면 조직들의 수뇌부에게 더할 나위 없는 충격이었다.

이면 조직의 수뇌부들은 골든 게이트처럼 앞으로 대처할 방법을 강구했고, 신속하게 행동하기 시작했다.

제4장

가이아가 머물고 있는 게이트를 넘은 후 주변을 훑어보니 예전에 왔던 곳임을 확인할 수 있었다.

엘리멘탈들과 처음으로 만나기 직전에 왔었던 공간이었다.

'가이아에게 귀속된 게이트를 넘어왔는데 여기라면⋯⋯.'

지하의 거대한 호수에서 얻었던 게이트와 연결된 공간이었다. 나에게 귀속된 게이트로만 넘어올 수 있는 곳인데도 다른 게이트로도 연결이 가능하다면 결론은 하나뿐이다.

'으음, 여기가 시작점이다. 내가 처음으로 게이트를 열고 들어 온 이곳이.'

주변에 떠돌며 융합되고 있는 에테르들이 느껴진다.

내가 지하 호수에서 처음 게이트를 얻어 넘어온 후에 이곳을 기점으로 나머지 세상이 연결이 된 것이 분명했다.

'지구와 브리턴, 그리고 다른 세계들이 모두 여기서 연결이 되어 있었던 것이로군. 그렇다면 그곳으로 가야겠다. 엘리멘탈들이라면 이곳의 비밀을 알 수 있을 테니까.'

화이트헤드 산과 가까운 위치에 있는 크리머 백작가!

엘리멘탈들과 마지막으로 접점을 가졌던 바람의 풍차 여관으로 가야 한다는 것을 느꼈다.

속성을 가진 엘리멘탈들이라 각 속성의 어머니들이라는 뜻의 이름을 붙여 준 존재들!

에테르의 융합에 대한 비밀을 그녀들이 알고 있을 가능성이 높았다.

팟!

공간 이동을 통해 크리머 백작성에 있는 바람의 풍차 여관으로 향했다.

'저건 나군.'

처음 게이트를 얻었을 때 얻었던 육체가 침대에 누워 있는 중이다.

'변한 것이 전혀 없군.'

방금 잠이 든 듯 누워 있는 모습을 보면서 시간의 흐름을 느낄 수 없었다. 내가 마지막으로 이곳을 떠나기 전의 모습 그대로다.

'아무래도 내가 처음 게이트를 넘은 후 세상이 연결되면서 시간을 고정시켜 둔 것 같구나.'

인과율 시스템도 할 수 없는 것이 시간의 흐름을 정지시키는 것이다. 내가 떠난 후 인과율을 넘어서는 권능이 작용했음을 느낄 수 있었다.

내가 가이아의 게이트를 넘는 순간부터 시간의 흐름이 다시 시작되었을 확률이 높았다. 이곳을 떠나기 전과 그리 달라진 것이 거의 없으니 말이다.

'후후후, 꽤나 잘 생겼군.'

침대에 누워 잠이 든 것 같은 예전의 신체는 나와 비슷한 모습을 하고 있었지만 훨씬 수려했다.

'어?'

얼굴을 만지는데 정신이 아찔해진다.

가이아의 게이트를 넘어온 내 신체가 흐려지며 침대에 누운 육체에 스며드는 것을 느낄 수 있었다. 침대에 누운 육체와 내가 하나가 되어 갔다.

'후후후, 재미있군. 뭔가 부족하다고 느꼈었는데 이제 완전해진 건가?'

나에게는 아주 이로운 재미있는 현상이었다. 눈을 뜨자 완전히 달라진 나를 느낄 수 있었으니 말이다.

사실 전부터 뭔가 이상했었다. 내 존재에 대한 의문이었는데 이제는 확실해졌다.

지구에서 움직였던 나는 정신체로 진화했다. 하지만 그에 반해 육체는 정신체를 따라가지 못했다.

그리고 이곳에서 접촉을 가진 후 하나가 되었다. 정신체는 물론이고, 내 육체까지 말이다.

아홉 개의 특성을 가진 에테르와 카오스가 완벽하게 융합되어 있는 완벽한 육체를 가지게 되었다.

'으음, 다시 시간이 흐르기 시작했구나. 내가 이름을 준 엘리멘탈 말고도 다른 속성을 가진 존재가 하나 더 있군.'

하나로 융합되는 순간, 멈춰버린 시간이 다시 흐르기 시작했다는 것을 알 수 있었다.

그리고 오행과 바람의 속성을 지닌 엘리멘탈 말고도 뇌전의 속성을 가진 엘리멘탈이 느껴졌다.

'그러면 연결된 세계에 숨겨져 있던 창조주의 히든카드들이 모두 등장한 것인가? 한 번 불러봐야겠군.'

엘리멘탈들은 내가 속한 대차원에서 사라져 버린 창조주가 준비한 존재들이다.

외계와 경계를 만드는 것 말고 따로 준비한 창조주의 진짜 숨은 안배가 바로 엘리멘탈들인 것이다. 안배가 어떤 식으로 흐를지는 창조주도 미처 예측하지 못했지만 말이다.

[내가 돌아왔다는 것을 알고 있으면서 그렇게 숨어만 있을 건가?]

스르르르르르르

누워 있는 침대 주변으로 엘리멘탈들이 모습을 드러냈다.

내가 이름 붙인 존재들은 물론이고 빨간 머리를 하고 있는 뇌전의 속성을 가진 엘리멘탈까지 일곱 존재가 침대를 둘러싸고 있었다.

뇌전의 속성을 가진 존재만 빼고 정령체가 아니라 인간의 모습으로 하고서 말이다.

[우선 식사부터 하세요.]

내가 궁금한 것이 많다는 것을 알고 있음에도 수모는 식사부터 권유했다.

[그리고 우리가 앞으로 나눌 이야기들은 사념으로만 하세요. 인과율에 걸리면 곤란하니까요.]

인과율 시스템에 뭔가 문제가 있다는 것을 예전부터 느끼고 있었다. 그래서 게이트를 넘어오면서 젠과의 교감을 차단하고 있었다.

[그렇게 하지.]

자리에서 몸을 일으키자 수모가 뒤로 돌아 방을 나섰고, 나머지 엘리멘탈들도 그녀의 뒤를 따라 밖으로 나갔다.

[너는 왜 가만히 있는 거지?]

[저에게도 이름을 주셔야 해요.]

뇌전의 속성을 가진 엘리멘탈이 존재의 의미를 부여해 달라고 요청을 해왔다.

[이름을?]

[그래야 저도 당신 수발을 들 수 있어요.]

[좋다. 그렇게 하도록 하지.]

[네 이름은 지금부터 전모다.]

다른 엘리멘탈들과 마찬가지로 속성의 어머니라는 뜻으로 전모라는 이름을 붙여줬다.

스르르르.

정령체였는데 금방 인간의 모습으로 화신을 하는 전모를 보면서 그녀의 권능이 완성되었다는 것을 느낄 수 있었다.

[고마워요. 이제 저를 따라오세요. 언니들이 저에게 안내를 맡기셨거든요.]

[알았다.]

침대에서 내려서자 전모가 내 수발을 들어주었고, 준비가 끝나자 방을 나서서 식당으로 나를 안내 했다.

식당으로 가자 커다란 식탁에 음식들이 차려져 있었고, 주변에는 엘리멘탈들이 늘어서 있었다.

[저희들이 준비한 거예요. 어서 드세요.]

[그러지.]

서양식으로 준비된 상당한 양의 음식들이 식탁 가득 놓여 있었다.

'시간의 흐름이 멈춰 있었던 것 같은데······.'

한눈에 보기에도 정성을 들인 것 같은데 언제 만들었는지 모르겠다.

'다들 자기 세계에서 가지고 온 모양이군.'

음식들을 자세히 살펴보니 에테르 파장이 전부 달랐다.

에테르들이 융합하고 있다고는 하지만 아직 완전하지 않다는 것을 감안할 때 시간이 다시 흐르기 시작한 후 각자가 속한 세계에서 가지고 온 것이 분명했다.

천천히 음식들을 먹기 시작했다. 혼자 먹기 과분한 양이었지만 바라보는 눈빛들을 생각해 꼭꼭 씹어서 전부 다 먹었다.

[그릇들을 치울 테니 잠시 기다리세요.]

식사가 끝나자 수모가 말을 꺼냈고, 나머지 인원이 식탁에 놓인 식기들을 치우기 시작했다.

식탁을 치우고 설거지를 하는 동안 수모가 차를 끓였다. 잠시 후에 심신을 상쾌하게 하는 향기가 식당 안에 퍼지기 시작했다.

수모가 차를 가져오고, 다른 이들이 찻잔을 가져와 식탁에 앉았다.

쪼—르륵!

청록색의 찻물이 하나하나 찻잔에 따라졌다.

[으음, 향이 좋군.]

그윽하면서 상쾌한 향기가 나는 차향을 음미하며 한 모금 마셨다.

[세계수의 잎으로 만든 차인데 마음에 드시나 보군요.]

[세계수라면 초모가 가져온 것인가 보군.]

[금방 아시네요.]

[자! 차는 천천히 마시는 것으로 하고, 나에게 할 말이 있을 것 같은데?]

세계수의 잎으로 만들었다는 차 보다는 수모가 나에게 해줄 말이 궁금했기에 단도직입적으로 물었다.

[어느 정도 짐작을 하시고 계시겠지만 우리는 조금 다른 존재예요.]

[다른 존재라면 소설 속에 나오는 정령왕 같은 건가?]

[어떤 의미에서는 비슷하기는 하지만 정령왕처럼 정령계 같은 세계를 주관하지 않으니 완전히 다른 존재예요. 창조주께서 세계를 운영하기 위해 안배하신 마나 마스터, 아니 에테르 마스터와 인과율 시스템과는 별개로 존재하며 세계를 유지하는 지킴이라고 할 수 있어요.]

[지킴이라, 창조주의 또 다른 안배로군. 어째서 창조주는 너희들을 안배한 거지?]

[저희가 속한 대차원을 지키고 경계를 이루는 외계의 대차원을 지키기 위해서예요.]

[그건 조금 의아하군. 일그러진 외계의 대차원으로 인해 우리가 속한 차원이 붕괴되는 것을 막기 위해 창조주가 자신을 소멸시키며 결계를 만들었다고 알고 있는데 말이야.]

[그것도 맞는 말이에요. 하지만 창조주께서 제일 먼저 안배한 것이 바로 우리예요. 우리가 속한 대차원을 만드는 것과 동시에 말이죠.]

[너희들은 대차원이 만들어진 것과 동시에 안배된 존재라는 건가?]

[그래요.]

[우리가 속한 대차원이나 일그러진 대차원이 만들어질 때부터 결함이 있었던 것이로군.]

[그럴 수밖에 없었어요. 우리가 속한 대차원은 다른 곳들과는 만들어진 목적 자체가 달랐으니까요.]

[대차원안에 존재하는 생명들에게 창조주의 씨앗을 심었기 때문인가?]

[역시, 아시고 계시는군요. 대부분의 대차원들은 창조주가 직접 관리를 하지만 이곳은 달랐어요. 창조주는 대차원 안에서 성장한 생명들이 격을 갖게 되면 스스로 세계를 주관할 수 있도록 했지요. 그리고 더욱 성장해 세계의 흐름을 깨닫게 되면 새로운 창조주가 될 수 있도록 가능성을 열었어요. 창조주 스스로 자신을 의지를 나누어 생명들에게 가능성의 씨앗을 심었던 것이죠. 그러니 불완전한 세계가 될 수밖에는 없었어요. 인과율 시스템이 있다고는 하지만 격을 갖춘 후 인과율을 벗어난 존재들의 오만과 방종을 막을 만한 제어 장치가 없었으니까요.]

[그럼, 너희들은 창조주의 뜻을 벗어난 존재들을 제어하기 위해 안배된 것이로군?]

[그건 아니에요. 창조주는 그것마저 예상을 하셨어요. 우리는 그런 존재들을 제어하기 위한 것이 아니라 자라난 창조의 씨앗

들을 위해 안배됐어요. 대차원에 속한 세계들을 새롭게 정립한 후 자라난 창조의 씨앗들이 경계를 넘어 다른 곳으로 퍼져 나가게 도와줄 존재로서 말이죠. 모든 것이 창조주의 예상대로 흘러 갔지만 문제가 생겼어요.]

[일그러진 대차원들로 인해서였겠군.]

[맞아요. 창조주에 근접한 존재들이 나타났지만 우리는 그들을 인도할 수 없었어요. 파멸과 혼돈에 잠식되어 버린 일그러진 대차원들로 인해 그들의 의지가 변해 버렸기 때문이지요. 창조는 남아 있는 가능성을 살리기 위해 자신의 소멸을 택했어요. 대차원간의 영향을 줄이기 위해 결계를 만들고 당신이 알고 계신 안배들을 만드신 후 말이죠.]

[그렇군. 그런데 어째서 나였지?]

지금 내 안에는 에테르들의 근원이 자리 잡고 있다. 이곳에 와서 다른 육체와 융합된 후 근원의 힘은 몇 배 더 자라나 있는 상태다.

아무리 운이 좋다고 해도 우연히 이루어질 수 없는 일이기에 수모에게 물었다.

[창조주가 우리가 속한 대차원을 만든 힘의 원천이 바로 의지에요. 의지에서 비롯된 생각으로 거대한 대차원이 생성되기도 하고 소멸되기도 하지요. 우리의 모든 시작과 끝이 바로 의지에서 비롯되었지요. 창조주가 일그러진 대차원의 침식을 막기 위해 소멸을 택했다고는 하지만 의지가 완전히 사라진 것은 아니

었어요.]

[창조주가 남긴 의지가 바로 나라는 건가?]

[그래요. 우리가 창조주가 남긴 안배의 시작이라면, 당신은 그 끝에 있는 존재예요. 창조주의 의지가 당신에게 이어졌어요. 사실 창조주는 우리 대차원과 경계를 이루는 다른 세 개의 대차원들이 일그러짐까지 모두 알고 있었어요. 왜냐하면 세 개의 대차원들을 만든 창조주들도 안에서 자라나는 생명들에게 창조의 씨앗을 심으려 했었으니까요.]

[이곳의 창조주와 같은 의도로 대차원을 만들었겠지만 사실은 달랐겠군.]

[잘 아시네요. 우리 대차원의 창조주는 자신의 의지를 나누어 심었지만 그들은 달랐어요. 그들은 자신의 의지를 카피해 생명들에게 심었어요. 그것도 자신들의 의지 전부를 카피해 봉인의 형식을 빌려서 말이죠.]

[창조주에 버금가는 존재들이 나타나고, 그로인해 대차원의 질서가 흐트러져 카오스가 나타난 것이로군. 그런데 처음으로 안배되어진 너희들과 마지막 안배라는 나는 어째서 이어진 것이지?]

[바로 당신이 원하는 것을 하기 위해서예요.]

[내가 원하는 것이라면 새로운 세계를 만드는 것인데, 그게 목적이라는 말인가?]

[맞아요. 이제부터 당신이 원하시는 일을 하시면 되요. 우리

는 당신을 따를 준비가 되어 있으니까요.]

재미있는 일이다.

이중삼중으로 안배를 깔아 놓은 것을 보면 창조주가 대단한 존재인 것은 분명하다.

하지만 자신이 창조한 세계들을 내 마음대로 할 수 있도록 안배를 깔아두다니 이해 못할 일이기도 했다.

[정말 내 마음대로 세계를 만들어도 되는 건가?]

[그래요. 당신은 원하시는 대로 세계를 재편하시면 되요. 필요한 것은 우리가 뒷받침할 거구요.]

[후후후, 정말 재미있군. 그것이 가능하다는 말이지?]

[우리는 모든 이곳 대차원을 유지하는 에너지의 근원이에요. 혼돈스러운 무의 상태에서 에테르나 카오스가 나왔지만 둘 다 무질서한 에너지에요. 그렇지만 우리는 달라요. 질서가 정립되며 최초로 의지를 가지게 된 에너지가 바로 우리죠. 우리가 속한 대차원에 연결된 세상들에 퍼진 에테르는 진짜 에테르가 아니에요. 세상의 기반이 되는 에너지가 진짜 에테르였다면 절대 생명이 존재할 수가 없어요.]

[무의 상태나 다름없다면 존재하는 것 자체가 힘들었겠지. 그렇다면 에테르라 불리는 것들은 뭐지?]

[에테르라 불리는 세상의 기반이 되는 에너지들은 사실 우리에게서 비롯된 것이에요.]

[마나 마스터나 인과율 시스템보다 먼저 안배된 존재이기도

하고, 인과율을 벗어나 정체를 숨기고 있었으니 너희들의 힘에서 세상의 근원이 되는 에너지가 만들어졌다는 사실은 알려지지 않았겠군. 그래서 마나 마스터들도 세상의 기반이 되는 에너지가 혼돈에서 나타난 에테르라 여겼을 테고.]

[그래요. 그래서 에테르로 알려지게 됐지만 엄연히 다른 에너지죠.]

[너희들이 세상의 기반이 되는 에너지의 근원을 가진 존재라서 내가 세상을 재편해 새로운 세계를 만드는 데 도움이 된다는 말이로군.]

[그래요. 당신은 자격을 갖추었어요. 창조주의 의지에 따라 이제부터 우리는 당신에게 귀속된 존재예요. 그러니 당신이 원하는 대로 하세요.]

[에테르들의 근원을 얻고, 카오스로 만들어진 세상을 경험하고, 카오스와 에테르가 융합된 권능을 얻는 것이 자격을 갖추는 것인가?]

[그래요. 당신이 처음 얻은 그것이 바로 진짜 에테르예요. 그리고 당신이 다루었던 카오스들도 진짜 카오스예요. 무질서 하지만 둘 다 혼돈에서 처음으로 흘러나온 에너지지요. 그 둘은 창조주만이 다룰 수 있는 혼돈의 에너지예요. 창조주의 마지막 의지를 이은 당신도 이제 다룰 수 있게 되었군요. 그것이 우리들을 귀속시키는 자격이었어요.]

수모의 말을 듣고 어이없는 생각이 들었다. 해석하면 내가 창조주라는 뜻이었으니 말이다.

　[그러니까 내가 이 대차원의 새로운 창조주라는 말인가?]

　[그래요. 아직 새로운 세상을 만든 것은 아니지만 당신은 창조주로서의 자격을 갖추었어요.]

　할 말을 잃었다. 인간의 감성을 그대로 가지고 있는데 창조주라니.

　[믿을 수가 없는 이야기로군.]

　[사실이에요. 그리고 금방 확인할 수도 있어요.]

　[확인이 가능하다는 말이군.]

　[그래요.]

　[어떻게 확인하면 되지?]

　[간단해요. 당신 스스로 이 세상의 근원이 자신이라고 선언하시면 돼요.]

　[스스로 창조주임을 선언하면 된다는 건가?]

　[방법은 아실 거예요. 이미 해보셨을 테니까요.]

　카오스를 기반으로 세상을 만들어 본 것을 말하는 것이기에 금방 이해할 수 있었다.

　[나는 스스로 존재하는 자, 모든 세계의 근원이다.]

　수모의 말대로 의지를 발산했다.

　그리고 내가 창조주라는 사실을 깨달을 수 있었다.

　'세상이 변하고 있군.'

　지금도 상당히 빠른 속도였는데 비교할 수 없을 만큼 에테르들의 융합이 빨라지고 있었다.

수모를 비롯한 엘리멘탈들이 머물던 세계와 브리턴이 직접 연결이 되었기에 발생하는 현상이다.

그것만이 아니다. 융합된 에테르들이 게이트들을 통해 빠르게 지구로 흘러들고 있었다.

지구와 브리턴이 하나의 세계로 연결이 되고 있었다.

'카오스를 기반으로 만들어진 통로도 열리려고 한다.'

프리온과 샴발라에 만들어진 외계의 통로들이 점점 커지고 있는 중이라는 것을 느낄 수 있었다. 완전한 게이트는 아니지만 머지않아 완성이 될 것이라는 것을 알 수 있었다.

'으음, 이건 당분간 막아야겠군. 직접 처리를 해야 할 것 같으니.'

아직은 준비가 완전히 끝난 것이 아니기에 의지를 일으켰다. 샴발라와 프리온의 게이트가 열리는 속도가 늦춰졌다.

[의지를 아주 잘 다루시는군요.]

[그냥 되는군.]

[아시고 계시겠지만 창조주라고 해서 별것 없어요. 당신이 속한 차원에서는 모든 것을 할 수 있지만 의지가 깃들어야 하니 말이죠. 당신은 그저 바라보며 지켜주는 존재이니 의지가 일 때만 움직이면 될 거예요.]

[알았다.]

수모의 말대로다. 변한 것은 거의 없다. 절대의 언령을 얻어 모든 것을 내 뜻대로 할 수 있다는 것 이외에는 말이다.

[그리고 지구와 브리턴만 바라보지 마세요. 우리가 머물던 세계들도 이제 완전히 연결이 되었으니 느껴보세요.]

수모의 말대로 연결된 일곱 세계를 느끼려 해보았다.

'으음.'

수를 헤아릴 수 없을 만큼 많은 생명들의 의지가 느껴졌다.

실체를 느끼지는 못하는 존재를 향해 보내는 수많은 의지를 말이다.

[모두 나를 향한 의지인 것을 보니 내가 창조주라는 말이 사실이었군.]

[맞아요. 머지않아 지구와 브리턴의 생명들이 보내는 의지도 느낄 수 있을 거예요.]

[지금도 보내오는 의지가 조금씩 느껴지는 것을 보면 그렇겠군.]

[벌써 느끼시다니 우리의 선택이 맞았군요.]

[한 가지 묻도록 하지.]

[말씀하세요.]

[에너지들이 융합된 후에 나타나는 것은 진짜 에테르인가?]

[맞아요. 창조주만이 다룰 수 있는 에너지가 이제 새로운 세상의 기반이 될 거예요.]

[세상에서 살아가는 생명들이 견뎌내지 못할 텐데?]

[걱정할 것 없어요. 당신에게는 또 다른 에너지가 있으니

까요.]

[카오스 말인가?]

[그래요. 에테르와 카오스가 당신을 통해 융합되며 새로운 질서를 찾았어요. 무에서 흘러나온 것이라면 어렵겠지만, 에테르와 카오스가 융합된 에너지라면 충분히 견딜 수 있을 거예요.]

[예상하는 건가?]

[아니요. 이미 증명이 된 거예요.]

[으음.]

증명이 됐다는 말이 이해가 됐다.

젠이 만들어 준 공간에 창조한 세계를 말하는 것이다. 에너지의 기반이 카오스이기는 하지만 에테르가 깃든 내 의지가 적용이 된 세계였으니 말이다.

[당신께서 창조한 세계는 닫힌 세계였지만 카오스와 에테르를 통해 만들어졌어요. 열린 세계지만 두 에너지가 융합된 터라 충분히 새로운 세상을 만드는 것이 가능해요.]

[열린 세계라면 어디까지 열려 있는 거지?]

[당신이 만들 세상은 태초로부터 파생된 모든 대차원과 앞으로 만들어질 대차원에 열린 세계가 될 거예요. 지금까지의 대차원에 존재하는 생명들이 온실에서 길러졌다면 이제는 야생으로 나아가는 거지요.]

[무슨 뜻인지 알겠다.]

대차원을 만든 창조주의 뜻을 알 수 있었다.

수모의 말대로 내가 속한 대차원을 만든 창조주는 지금까지 일어난 모든 것을 예상하고 있었다.

격을 가진 존재들이 무수히 나타나 보다 넓은 세계로 나아가 스스로의 세상을 만들기를 바랐다는 것을 말이다.

카오스로 이루어진 세상들과 연결이 끝나는 시간은 앞으로 1년이다.

그 안에 내가 생각한 세상을 만들기 위한 마지막 작업을 끝내야 한다.

'으음, 그 전에 해결할 것도 있고…….'

내가 생각하는 새로운 세상을 만들 준비는 어느 정도 끝낸 상태다.

하지만 그 전에 해결해야 할 것이 있다.

내가 그렇게나 믿었던 존재를 어떻게 해야 할지에 대한 결정이다. 무엇 때문에 비틀어진 의지를 내게 심었는지 알아야만 한다.

― 젠!

― 말씀하십시오.

― 모두 보았나?

― 예, 마스터.

― 넌 어떤 존재지?

― 저는 마스터를 위한 존재입니다.

― 사실인가?

— 예, 마스터.

— 나를 위한 존재라면 지금부터 탐구를 해봐. 네 실체가 무엇인지 말이야. 그리고 네가 어떤 존재인지 실체를 알게 되면 신호를 보내. 그까지는 모든 연결을 끊을 테니까.

— 마, 마스터……

— 미안하다, 젠.

당혹스러워하는 젠의 사념을 들으며 연결을 끊어버렸다.

[알아차리신 모양이군요.]

젠과의 연결을 끊자마자 수모의 의지가 전해져 왔다.

[넌 처음부터 알고 있었던 건가?]

[아니에요. 당신을 마스터라 부르는 존재가 누군가 남긴 사념의 잔재라는 것을 느낀 것은 당신이 스스로를 선언하신 이후에요.]

[그렇군. 하면 묻지. 너도 젠과 같은 건가?]

[느껴 보세요. 지금의 당신이라면 아실 수 있을 테니까요.]

수모의 말대로다. 수모를 비롯해 나머지 모두 젠과 같은 존재가 아니라는 것은 이미 알고 있었다.

'무엇 때문에 이렇게 하신 건지 모르지만 좀 씁쓸하군.'

내가 해결해야 할 문제가 확실한지 젠을 시험해 봤다.

믿을 수 없게도 젠은 내가 믿고 의지했던 존재가 남긴 사념에 지나지 않았다. 놀랍게도 젠은 내가 스승님이라고 부르는 존재가 남긴 사념이었다.

연결된 세계의 모든 지식과 창조주들과 얽혀 있는 일들을 내게 전해준 것은 스승님으로 여겼던 존재다.

이상한 것을 느낀 것은 창조주들이 얽혀 있는 대차원의 정보와 이곳에서 얻은 정보가 다르다는 것을 알고 난 후였다.

그리고 그것을 인식하는 순간, 내 의지가 누군가에 의해 아주 교묘하게 조종되었다는 것을 알 수 있었다.

생각이 일자마자 오류를 바로잡았지만 어째서 그랬는지 확인을 해야 새로운 세상을 만들 수 있을 것 같았다.

'그나마 다행이군.'

스스로 건 봉인으로 인해 스승이라는 존재는 내가 어떤 세상을 계획하고 있는지 알지 못한다.

그리고 젠에게도 완전하게 알려주지 않은 탓에 내가 준비한 것들이 알려지지 않은 것은 천만 다행이었다.

'어쩌면 젠을 나에게 붙인 것은 내가 계획하고 있는 세상을 알기 위해서 일지도 모르겠군. 그리고 보면 내가 속한 대차원을 만든 창조주는 대단한 존재인 것 같다. 이 모든 것을 예상한 것 같으니 말이야.'

모든 대차원에 열린 세상을 만들기 위해 자신을 소멸시킨 것은 물론이고, 자신이 사라진 후에 일어날 일들을 예상하고 안배를 남긴 것이 정말 경탄스러웠다.

'지금쯤 지구에 있는 존재들의 변화가 시작이 되었겠군.'

에테르라 부르는 근원의 에너지들이 융합되어 진짜 에테르가 만들어지고 있었고, 흘러들어온 카오스와 융합이 되고 있는 중이다.

대차원에 속한 존재들은 모두가 창조주에 의해 만들어졌으니 이제 진정한 각성이 시작되었을 터였다.

보통의 인류나 일반적인 생명체들은 각성이 늦어질 테지만 초월적인 존재나 격을 가진 존재들은 벌써 각성이 시작되었을 터였다.

[아직 급하지 않으니 먼저 브리턴을 둘러보도록 하세요.]

[센트 싸인으로 가라는 말이로군.]

[그래요. 당신이 남겨 놓으신 진짜 에테르로 인해 센트 싸인과 프리온의 연결이 끊어졌어요. 센트 싸인을 얻는다면 당신이 생각하고 계신 계획을 훨씬 앞당길 수 있을 거예요.]

[센트 싸인에서 있었던 일들은 너희들이 계획을 한 건가?]

[어쩔 수 없었어요. 프리온과 센트 싸인의 연결을 끊지 않으면 당신이 위험할 수도 있었으니까요. 그리고 당신이 카오스를 얻게 하려면 에테르를 비워야 하기도 했고 말이죠.]

[그렇군. 일단 센트 싸인으로 가보도록 하지.]

[센트 싸인으로 가서야 하기도 하지만 우선 이곳부터 해결을 하도록 하세요.]

[크리머 백작령에 또 다른 안배가 있는 건가?]

[안배는 아니지만 크리머를 얻게 되면 브리턴이나 지구에서 당신에게 도움이 될 일이 많을 거예요.]

[크리머 백작가에 뭔가 있군.]

[금방 알아차리시네요. 맞아요. 크리머 백작가는 이곳에서 불리는 당신 성과 관계가 깊어요.]

이곳에 왔을 때 나에게 주어진 이름은 샤인 크리스다. 지구로부터 브리턴으로 넘어 온 두 가문 중 한곳의 성이 크리스다.

[샤인은 빛을 뜻하니 내가 크리스 가문의 빛이라는 뜻인가?]

[맞아요. 지구의 존재들에게 배신당하고 브리턴에 의해 철저히 배제된 크리스가의 명맥을 이은 곳이 크리머예요. 지구에서부터 걸린 금제를 해제하기 위해 크리스가는 정령의 힘을 택했고, 가문의 성을 바꿨어요. 어려운 일이었지만 우리가 도움을 줬지요.]

[그래, 크리머 백작가에 만들어진 안배가 뭐지?]

[크리스 가문은 하탄이 만들어낸 균열을 제일 먼저 발견한 자의 후손들이에요. 브리턴으로 건너온 후 서서히 모습을 감추면서 힘을 길렀어요. 지구에 있을 당시 합쳐진 에테르를 제일 많이 얻었고, 브리턴으로 건너온 후 이곳에서 얻은 마나를 이용해서. 당신에게는 크리머 백작가에서 기른 전력이 필요할 거예요.]

[글쎄.]

크리머 백작가에는 병사들이 3만 명, 치안대와 자경대까지 합치면 5만 명 정도의 병력이 있다. 백작을 제외한 기사들은 215명, 마법사가 14명이다. 상당한 전력이기는 하지만 도움이 될지 모를 일이다.

[당신이 이곳에 처음 왔을 때와는 다를 거예요. 한번 느껴 보세요.]

내가 별로 도움이 될 것 같지 않을 것 같은 생각을 하고 있다는 것을 느낀 것인지 수모가 사념을 보내 왔다. 달라졌다니 확인을 해보기는 하겠지만 내 계획에서 그다지 필요할 것으로 보이지는 않는다.

'으음.'

의지를 일으켜 백작령을 감지해보니 수모가 왜 나에게 그런 사념을 보내왔는지 알 수 있었다.

[당신이 존재의 의미를 선언한 후 크리머 백작령에 거주하는 사람들에게 걸린 금제가 모두 해제되고 각성을 했어요. 당신이 원하면 60만 명의 일반 능력자와 5만 명의 특급 능력자, 그리고 초월자 230명을 거느릴 수 있어요. 나머지는 덤이구요.]

크리머 백작령으로 피신을 온 70만 명 정도의 사람들을 제외하고 전부 내 전력이 될 수 있다고 하니 재미있는 일이다.

[내 전력이 된다고 하면, 그들에게 나를 위한 다른 금제가 걸린 건가?]

[당신이 싫어하는 일인데 그럴 리가 있나요. 말씀을 드렸다시피 당신의 이름은 샤인 크리스예요. 크리스 가문에 뿌리를 둔 크리머 백작령의 사람들은 빛으로 예언된 당신을 스스로 원해서 당신을 따르는 거예요.]

[복수인가?]

[그들은 그런 하찮은 것을 원하는 것이 아니에요. 말씀 드렸다시피 크리스가에 뿌리를 둔 사람들은 우리의 도움으로 정령의 힘을 얻은 후 모든 금제가 풀렸어요. 그리고 창조주가 진정으로 원하는 것이 무엇인지 스스로 알게 됐어요. 창조주의 의지를 잠시 봉인시켜 두었었지만 당신으로 인해 봉인이 해제되었고, 이제 스스로의 의지로 더 넓은 곳으로 나아가려는 거예요.]

[무슨 말인지 알았다. 그럼 요한 크리머 백작을 만나봐야겠군.]

[백작만이 아니에요. 엘리스도 반드시 만나봐야 돼요.]

[바람의 정령체라는 크리머 백작의 딸 말인가?]

[그래요.]

[뭔가 있군.]

[맞아요. 지금 알려드려도 되지만 만나보시면 금방 아실 테니 이벤트로 남겨두도록 하지요.]

[후후후. 그러지.]

레오 크리스의 뒤를 잇는 이들이 무척이나 궁금해졌다.

의지를 통한 기감으로 느끼는 것과 실제로 보는 것과는 다르기에 만나보기로 했다.

수모가 말한 이벤트도 궁금하기도 하고 말이다.

자리에서 일어나 여관 밖으로 나갔다. 각기 다른 아름다움을 내뿜는 미녀들이 줄지어 따르고 있으니 지나다니는 사람들의 시선이 주목됐지만 개의치 않고 내성으로 향했다.

내성으로 가는 도중 조성되어 있는 도시 경계를 지나자 농경지가 보였다. 각양각색의 곡물과 채소들이 재배되는 농경지는 꽤나 넓었다.

빨리 지나칠 수도 있지만 농경지에서 재배되고 있는 것들에게서 전과는 다른 기운을 느꼈기에 천천히 걸어가며 살폈다.

농작물들이 하나같이 많은 기운을 품고 있었다.

'농작물에서 느껴지는 것이 다르군. 으음, 전에는 느끼지 못했던 것인가?'

영물이라고 부르지는 못하겠지만 영약이라고 부를 정도는 되는 것 같은 기운이 농작물에서 느껴졌다. 전과 비슷하지만 확연히 달랐다. 이전의 나라면 절대 알 수 없었을 것이라는 것을 깨달았다.

[우리들이 힘을 좀 썼어요. 농작물들도 금제가 풀렸고요.]

[금제라…….]

[저것들이 마나를 품고 있다는 것이 알려지면 크리머 백작령이 곤란해지니까 어쩔 수 없었어요.]

[그렇군. 크리머 백작령의 사람들이 지금까지 저것들을 먹어 왔기 때문에 빨리 각성을 한 건가?]

[맞아요. 대대로 축적해 온 것들이 각성을 하며 이번에 완전히 풀려서 사람들에게 흡수됐어요. 덕분에 사람들의 각성이 빨라졌지요.]

[그런데 환골탈태 같은 일은 일어나지 않았나 보군.]

전에 보았던 것과는 체격에서 큰 차이를 보이지 않았기에 수모에게 물었다.

[그럴 수밖에 없어요. 크리머 백작령에 원주민들의 육체는 정령체에 가까우니까요.]

[정령체라, 본신의 능력만 늘어난다는 말이로군.]

수모의 말을 이해할 수 있었다. 백작령의 사람들은 정령체이기에 이미 완벽한 육체나 다름없는 상태라는 것이다.

발걸음을 빨리 했다. 농경지 끝에 있는 공장들을 둘러보기 위해서다. 센트 싸인에 있는 공장들과 비슷한지 궁금해졌기 때문이다.

거의 나는 듯 달려서 농경 지대를 벗어나자 3층 정도의 커다란 건축물들이 줄지어 늘어선 공장 지대가 나타났다.

기감을 확장하니 공장 내부의 전경이 환하게 느껴진다. 만들어지고 있는 물건들을 보니 가관도 아니다.

[프리온에서 개발된 것들은 전부 만들어지고 있는가 보군.]

공장 지대라는 것을 알고는 있었지만 전에는 무엇이 만들어지고 있는지 살필 수가 없었기에 의외가 아닐 수 없었다.

[프리온에서 인과율 시스템에 담겨 있는 아카식 레코드의 정보를 빼내서 만들어진 것들과 같은 거예요. 대부분이 무기들이지만 꽤나 쓸모가 많을 것 같아서 여기서도 만들고 있었어요. 병사들을 위한 무기나 장비는 제작이 모두 끝나 비축해 두었고,

지금은 초월자들의 장비를 만들고 있어요.]

가이아의 비밀 기지에도 수많은 무기들이 비축되어 있었는데 여기도 그렇다니 생각해 볼 일이다.

지구도 그렇고 브리턴에서도 다가올 전쟁을 준비하는 것 같았다.

[수모는 전쟁이 일어날 것이라고 보는 건가?]

[일어날 수밖에 없어요. 열린 세계로 나가기 위해서는 성장한 존재들이 부딪칠 수밖에 없으니 말이죠. 특히나 브리턴의 황제는 무서운 존재에요. 아무런 도움도 받지 않고 지구에서부터 걸린 금제를 스스로 해결한 존재니 말이죠.]

[베토스라는 마탑주가 브리턴가의 간판이라고 들었는데 황제가 히든카드인가 보군.]

[그래요. 베토스의 꼭두각시로 알려져 있지만 황제는 무서운 존재에요. 레오 크리스보다는 못하지만 두 번째로 많은 에테르를 보유한 존재니 말이죠. 더군다나 수천 년을 지나는 동안 의지를 이어 오며 권능을 키우고, 수하들을 길러온 터라 상대하기가 쉽지 않을 거예요.]

[재미있겠군.]

천천히 공장 지대를 지나치며 수모의 설명을 듣고 있자니 내성 문 앞에 도열해 있는 사람들이 보였다.

[이곳에 와 있었군.]

[당신에 대한 안배를 끝낸 후에 우리가 속한 세계로 돌아갔다

가 당신이 온 것을 알고 방문한 모양이네요.]

수모의 말이 끝나기 무섭게 막대한 정보가 쏟아져 들어온다. 인과율 시스템에 접속해서 아는 것이 아니라 그냥 알게 되는 정보들이었다.

눈앞에 있는 이들에 대한 정보가 가장 많았다.

하이 엘프인 에스미아를 비롯해 순혈 엘프인 엘레나와 엘라이스, 그리고 다크 엘프인 바이린과 바이네스!

센트 싸인 마탑에서 나와 인연이 있거나, 관련이 되어 있는 엘프들이기에 꽤나 흥미로운 정보였다.

'기분이 별로 좋지는 않군.'

센트 싸인 마탑의 이면에서 나를 위해 안배를 베풀었던 이들이라고는 하지만 기분이 썩 좋지는 않았다. 센트 싸인 마탑에서 내가 가진 모든 것을 남겨야 했던 것을 생각하니 말이다.

— 정식으로 소개를 드리겠습니다. 센트 싸인 마탑을 관리하고 있는 에스미아라고 합니다. 다른 이들은 보셨을 테니 제가 대표해 인사를 드립니다.

가까이 다가서자 엘프 특유의 인사법으로 예의를 다해 나에게 인사를 건넨다. 이들 역시 인과율 시스템을 의식한 듯 사념으로 인사를 건네고 있었지만 두 눈에 서린 불안을 읽을 수 있었다.

— 나에게 인사라니 재미있군.

— 화가 많이 나신 모양이네요. 저희도 저분들의 부탁으로

한 일이니 용서를 부탁드립니다.

— 나를 위한 것이었으니 용서하도록 하지. 그런데 무슨 부탁을 하려고 하는 거지?

— 앞으로 새로운 세상이 열리게 되면 우리가 살아갈 터전을 주시면 감사하겠습니다.

— 살아갈 터전이라니 무슨 말인지 모르겠군.

일부러 모른 척하자 에스미아의 표정이 변했다.

— 브리턴의 기운이 변형을 일으켜 마나로 변하고 난 뒤 세계수가 사라지고 우리가 서 있을 땅도 서서히 사라져 갔습니다. 살아남기 위해 동족들 중 일부는 브리턴의 황제와 손을 잡을 수밖에 없었고, 엘프로서의 정체성마저도 잃어버리고 말았습니다. 그들도 구원해 주십사 부탁을 드리고 싶지만 이미 엘프로서의 자긍심마저 저버린 터라 그럴 수는 없고, 남아 있는 이들만이라도 본래의 모습으로 살아갈 수 있도록 해주십사 부탁을 드리는 겁니다.

냉철한 이성으로 철저히 무장하고 자신들만의 규율을 지켜나가는 엘프들은 흑백을 떠나 매우 배타적인 종족이다.

다른 종족에게 부탁 같은 것은 절대 하지 않는 이들인데 저러는 것을 보면 꽤나 심각한 모양이다.

[브리턴에 있던 세계수는 사라지고 없어요. 하탄이 기운을 변화시키는데 세계수를 이용했기 때문이지요. 덕분에 엘프 종족들은 죽어가고 있어요.]

[지금까지 살아남은 이들이 있는 것은 모두 너희들 덕분이로 군.]

　[그래요. 우리가 머물고 있는 세계에 있는 세계수의 기운을 조금 나눠줬기 때문에 이곳 브리턴에서 견딜 수 있었죠.]

　[내가 저들에게 살아갈 수 있는 땅을 준다는 것은 이곳 브리 턴에 세계수를 다시 구현시키는 것인가?]

　[맞아요. 오직 당신만이 그럴 수 있죠.]

　수모와 대화를 나눈 후 저들이 바라는 것이 무엇인지 알 수 있었지만 정말 정이 가지 않았다.

　'으음, 어떻게 하지?'

　고민을 하려는 찰나, 다섯 엘프가 엎드려 목을 내민다. 어떻 게 처분하든 반항하지 않겠다는 뜻이나 다름없다.

　— 뭐하는 짓이지?

　— 엘프들이 살아갈 터전을 만들어주신다면 저희가 가진 모 든 것을 바칠 것을 맹세합니다.

　— 저희들도 맹세합니다.

　인간을 초월한 미모를 가지고 있는 엘프들이다. 종족의 우 월함과 배타성으로 인해 절대 인간에게 허리를 굽히지 않는 다.

　특히나 인간과 성적인 교류도 절대 하지 않는다. 인간이 강제 로 욕을 보일 경우 스스로 정체성을 상실하고, 살아 있는 인형 과 같은 상태가 되는 엘프다.

그런 것을 알면서도 자신의 모든 것을 바치겠다며 애원하는 것을 보니 기분이 이상하다.

엘프들이 저러는 것이 엘리멘탈들의 뜻인 것 같아서다.

제5장

5

회귀 전에 남에게 구속되어 원하지 않던 삶을 살았던 나다. 몸과 마음을 완전히 빼앗기고 그들이 원하는 대로 실험을 당해야 했던 기억이 떠올랐기에 좋은 말이 나오지 않았다.

— 정말 재미없군.

— 엘프를 구원해 주십시오.

싸늘한 내 말에 엘프들이 몸을 떨며 애원을 한다.

[죄송해요. 당신의 기분을 상하게 할 뜻은 없었어요.]

에스미아를 무심한 눈으로 바라보고 있자니 수모의 사념이 들려왔다.

[어째서 저렇게 만든 거지?]

엘프들을 저렇게까지 몰아붙인 이유가 궁금했기에 물었다.

[창조주가 심은 씨앗이 제일 처음 발아한 것이 엘프였어요. 저들은 세상을 지탱하는 세계수와 교감할 수 있었기에 각성이 아주 빨랐지요. 덕분에 창조주가 만든 세계들을 여행한 것도 저들이 처음이었어요.]

[각 세계를 엘프들이 처음으로 넘나들었다는 건가?]

믿을 수 없는 일이었기에 되물었다.

[그래요. 인류에게 문명을 전수한 것도 저들이고, 신화의 원천이 되는 이들도 바로 엘프들이었지요.]

세상의 경계를 넘을 수 있는 존재는 격을 가진 초월자뿐이다. 세상의 경계에 이는 강력한 역장을 견딜 수 있는 존재는 그들뿐이기 때문이다.

대차원을 만든 창조주는 일그러진 대차원들의 카오스 에너지를 막기 위해 외계와 경계를 짓는 결계를 만든 후 7개의 세상을 만들어 충격을 완화시켰다.

당시 존재하는 초월자는 마나 마스터와 천환의 제자들뿐이었으니 창조주가 심은 씨앗이 발아해 최초로 격을 가진 초월자는 수모 말대로 엘프들뿐이었을 것이다.

[초월자가 되거나 격을 갖춘 존재가 된 것이 엘프들이 처음이었군.]

[그래요.]

[계속해봐.]

조금 전처럼 내가 알아서 정보를 얻을 수 있지만 수모에게 들어보기로 했다.

[당시의 엘프들은 지금과는 많이 달랐어요. 스스로의 성취에 자만한 결과, 아주 오만했지요. 격을 갖추고 초월적인 존재가 되자 창조주를 넘어섰다고 생각했던 거예요.]

[인과율을 넘어선 것으로 만족해 버린 거로군.]

[격을 갖춘 초월자가 된 것이 끝인 줄 알았던 거죠. 더군다나 권능에 육박하는 다른 힘을 가지고 있어서 더 나아갈 생각을 하지 못했어요.]

[다른 힘이 무엇이지?]

[엘프들은 격을 갖춘 초월적인 존재를 제일 먼저 배출한 것 이외에도 다른 힘을 가지고 있었어요. 바로 마도학이었어요. 당시의 엘프들은 상당히 냉철하고 이성적인 존재였어요. 그들은 자신들의 정령술과 드래곤의 마법, 그리고 과학을 접목시킨 마도학을 탄생시키고 발전을 시켰죠. 그렇게 발전된 마도학은 힘은 일반적인 엘프라고 하더라도 신에 필적할 만한 힘을 가지게 했어요.]

[마도학이라…….]

[보셨을 거예요. 프리온의 마도학을.]

[인과율 시스템에 있던 정보들이 마도학의 정수들이라면, 마도학이 봉인되었던 건가?]

[맞아요. 어쩔 수가 없는 선택이었어요. 권능과 마도학을 통

해 엘프들이 열지 말아야할 문을 열어버렸으니까요]

[열지 말아야 할 문이라니, 그게 뭐지?]

[바로 외계를 드나드는 통로예요.]

[뭐라고 했지?]

[지구의 샴발라나, 브리턴의 프리온은 모두 엘프들이 외계를
드나들던 통로예요.]

[수모, 샴발라나 프리온의 통로가 외계의 존재들이 뚫은 것이
아니라 엘프가 먼저 뚫은 건가?]

[맞아요. 엘프들이 뚫은 것이에요.]

생각하지 못한 일이다. 외계로 통하는 통로가 엘프들이 뚫은
것이었다니.

'역시 내가 생각한 대로인가?'

대차원을 만든 창조주가 소멸을 전제로 만든 것이 결계다. 지
금까지 그냥 듣기만 했는데 권능 이외에 마도학이라는 버금가
는 힘을 지녔다고 해서 뚫을 수 있는 것이 아니다. 창조주에 버
금가는 존재가 개입하지 않는 한 말이다.

내가 생각한 대로라면 엘프들이 외계로 통하는 통로를 뚫은
것은 스승이라 불리는 존재에게 깃들어 있는 천환이 개입되어
있을 확률이 컸다.

[엘프들이 권능과 마도학을 이용해 외계의 세계들도 여행을
했던 건가?]

[맞아요. 인과율에 얽힌 권능으로는 할 수 없는 일이었지만

마도학 덕분에 창조주의 결계를 뚫고 외계로 여행을 할 수 있었어요.]

[결계를 뚫고 외계로 여행한 것 때문에 문제가 생긴 거로군.]

[맞아요. 외계의 카오스가 스며든 후 여행을 끝낸 엘프들이 변하기 시작했어요. 파괴와 혼돈의 카오스로 인해 엘프로서의 정체성이 사라지기 시작했고, 발아한 창조의 씨앗은 성장이 멈춰 버린 거예요. 혼자만 변한 것이 아니에요. 그들과 정신적 교류를 나누는 엘프들도 전염병에 전염이 되듯 그렇게 변해갔어요. 세계수가 있어서 변화하는 속도가 늦춰졌지만 멈추지는 않았지요.]

[스스로 해결하려 들었겠군. 마도학을 이용해서 말이야.]

[그래요. 스스로 해결하려 했지만 불가능했어요. 마도학의 이용한 실험으로 인해 변화가 촉진되었으니까요. 완전히 변화를 끝낸 엘프들은 절망했어요. 자신들이 무엇을 잃어버린 것인지 알아냈기 때문이었죠.]

[창조의 씨앗에 대해 알게 된 거로군.]

[그래요. 변화를 끝난 엘프들은 창조의 씨앗을 되찾기 위해 괴물이 되어버렸어요. 아직 전염이 되지 않은 엘프들에게서 마도학을 이용해 씨앗을 되찾고자 했으니까요.]

[엄청난 피가 뿌려졌겠군.]

[한동안은 비밀이 지켜졌지만 노골적으로 실험이 진행되면서 세상에 알려졌어요. 전염되지 않은 엘프들과 괴물이 되어버린

엘프들 사이에 전쟁이 벌어졌고, 엄청난 수가 쓰러졌어요. 당시 연결된 세계를 지배하던 엘프들은 모두 800억 명이었는데, 전쟁이 끝난 후 남아 있는 엘프들이 채 100만 명이 넘지 않았어요.]

[전쟁을 끝낸 것은 너희들인가?]

[그럴 수밖에 없었어요. 괴물로 변화된 엘프들이 카오스의 영향으로 마도학을 이용해 대차원을 파멸시킬 계획을 꾸미고 있었으니까요.]

[세상을 파괴한 후에 발생하는 카오스를 이용해 새로운 존재로 거듭나려고 했던 모양이군.]

[맞아요. 우리는 카오스 그 자체로 변해 버린 엘프들을 정리했어요. 그리고 기억을 지우고 모든 마도학을 회수해 인과율 시스템 안에 봉인을 시켰죠. 그렇게 문제를 해결하는가 싶었는데 그것이 아니었어요.]

[다른 문제가 생긴 건가?]

[카오스화 된 엘프들이 꾸민 계획은 세계를 파멸로 이끄는 것만이 아니었어요. 그들 중 일부는 훗날을 위해 마도학을 이용해 자신의 의지와 힘을 창조의 씨앗처럼 지금의 인류에게 심었어요. 창조의 씨앗처럼 심어졌기에 언제 발아할지 모르는 상태에서 또 다른 문제가 생겨 버렸어요. 외계로 통하는 통로가 누군가에 의해 열려 버린 것이죠.]

[외계와의 통로가 열려 버렸다고?]

[마도학을 회수하며 봉인을 시켰는데 누군가 아주 미세하게 열어버린 것이죠. 그것을 알았을 때는 이미 늦어버렸어요. 즉시 닫기는 했지만 카오스가 아주 은밀하게 세상으로 퍼졌고, 엘프들이 심은 씨앗들이 받아들였죠. 우리는 할 수 없이 우리가 머물던 세상의 게이트를 닫아 버렸어요. 그냥 놔두었다가는 어떤 일이 발생할지 몰랐으니까요. 하지만 그것마저도 늦은 조치였어요. 카오스로 변한 엘프들이 씨앗을 심은 존재들은 연결된 세상 전부에 있었고, 미세하나마 카오스를 받아들인 후였으니까요.]

[알았지만 찾아내지 못한 것이로군.]

[그래요. 마도학에 의해 안배된 씨앗들은 우리로서도 찾을 수 없을 정도로 감춰져 있었어요. 당시에 찾아야 했었는데…….]

[그 다음 벌어진 일은 내가 알고 있는 대로 진행이 됐겠군.]

시간이 흐른 후 카오스로 변한 엘프와 같은 존재가 나타났을 것이다. 엘프가 씨앗을 심은 인류가 번성한 후 격을 갖춘 초월적인 존재가 나타나는 것은 시간문제였을 테니까.

[아마 맞을 거예요. 지금까지 창조주가 만든 세상에서 일어난 차원에 관한 사건들은 모두 엘프들로 인해 벌어진 것이나 다름없어요. 그리고 숨어서 그것을 조장한 것도 동일한 존재일 것이 분명해요.]

[무슨 말인지 알겠다.]

엎드려 일족의 생존을 빌고 있는 엘프들은 어찌 보면 불쌍한 존재들이다. 일그러진 대차원을 만든 존재들에게 철저하게 이용을 당했으니 말이다.

― 일어나라. 너희들이 원하는 삶의 터전을 만들어 주겠다고 약속하마.

― 가, 감사합니다.

에스미아를 비롯해 엎드려있던 엘프들이 떨리는 목소리로 말했다. 엘프들의 행동은 그것으로 끝나지 않았다. 기어서 나에게 다가와 발등에 입을 맞추었다.

[호호호, 좋겠네요. 그녀들이 모든 것을 바쳤으니 말이죠.]

[무슨 말이지?]

[브리턴에서 세계수가 사라진 후 엘프들도 변했어요. 인간과 몸을 섞는다고 해도 정체성을 잃을 염려는 없으니 말이죠.]

[저들과 몸을 섞을 생각은 없다. 다시는 그런 말을 하지 말도록!]

[아니라니 조금은 아쉽네요. 하지만 쓸모가 많은 존재들이니 내치지는 말아요. 당신이 하는 일에 큰 도움이 될 거예요. 특히 차원 사건을 조장한 존재들을 찾는데 말이죠.]

[저들이 말인가?]

[그래요. 집단 의식체인지 개별 의식체인지는 아직 확인이 되지 않았지만 지금까지 조사한 바로는 엘프들이 외계와의 통로를 열게 한 것도, 닫아버린 게이트를 연 것도 동일한 존재예요. 그것도 의지를 다른 생명체에 전생할 수 있는 특별한 존재죠.

그들은 본능적으로 그 존재를 찾을 수 있어요, 마스터.]

　[본능적으로 말인가?]

　[맞아요. 의지로 전생하는 존재가 근처에 있으면 고양이 앞의 쥐처럼 본능적으로 두려움을 느끼죠. 그녀들은 그 존재의 꼭두 각시였으니까요.]

　[그럼 거둬야겠군.]

　지난번 브리턴에 왔을 때 다크 엘프인 바이네스가 진명이 미네르바인 존재의 터미널이라는 것을 확인했다.

　수모의 설명대로라면 미네르바는 마도학으로 만들어진 씨앗이 성장한 존재일 것이 틀림없다.

　엘프들을 터미널처럼 사용하는 미네르바와 같은 존재들은 아마도 여럿일 것이다.

　에스미아를 비롯해 다른 엘프들도 터미널로 이용되었다는 것을 조금 전에 확인했다. 이미 손길을 거두어 진명을 확인할 수는 없었지만 드리워진 흔적은 충분히 찾을 수 있었다.

　어느 정도 짐작을 하고 있었기에 엘프들을 거두기로 했다.

　터미널로 이용된 엘프들이 본능적으로 두려워 떨게 만든다면 거둘 가치가 충분히 있으니 말이다. 엘프들은 이제 일종의 생체 감지기 역할을 하게 될 것이다.

　'엘프들의 역할이 그것만은 아니지.'

　엘프들은 여기서도 그렇고 센트 싸인에서도 마도학과 관련된 것들을 만들고 있었다. 마법기이지만 신기라고 불려도 손색이 없을 만큼 강격한 도구들을 말이다. 엘프들이 만들어 낼 마법기들은 앞으로 큰 전력이 될 것이다.

더군다나 길드라는 큰 조직을 가지고 있는 이들이니 브리턴을 막는데도 큰 도움이 될 것이다.

― *너희들의 뜻대로 거두도록 하겠다.*

― *감사합니다, 주인님.*

― *듣기가 싫으니 주인이 아니라 마스터라 불러라.*

― *아, 알겠습니다, 마스터.*

에스미아가 허둥거리며 사념을 보내온다.

― *거두기는 하겠지만 만약 센트 싸인에서와 같은 일이 일어난다면, 내 의지가 닿은 차원 안에서 엘프를 볼 수 있는 일은 없을 것이다.*

― *당신의 뜻을 거스르는 일은 없을 겁니다, 마스터.*

― *이제 대충 된 것 같으니 내성으로 들어가자. 크리머 백작이 기다리고 있는 것 같으니 말이다.*

― *저희들이 안내를 하겠습니다, 마스터.*

에스미아가 나서기에 승낙해 버렸다.

인간으로 화신한 일곱의 엘리멘탈들과 엘프 다섯 명과 함께 내성 문으로 향했다.

기사들이 경비를 서고 있었지만 우리를 막지는 않았다. 지나치는 우리를 향해 깊은 경의를 보일 뿐이었다.

내성 안에 있는 영주의 관저로 행하는 길 양쪽으로 기사들과 마법사들이 도열해 서 있다.

우리가 지나가는 동안 그들은 정문의 기사들처럼 최대한 경의를 표했다.

'정문의 기사도 그렇고, 정말 대단하군.'

각성을 했다고는 하지만 격을 지닌 존재들이다. 지구에서 전해져 내려오는 신화 속의 영웅이나 반신급을 넘어선 존재들이다.

강대한 무력과 그에 필적하는 권능을 지닌 기사들의 경의다. 그것도 자발적으로 이루어지는.

'저들은 나에게서 무엇을 본 것인지 모르겠군.'

창조주임을 선언했지만 그렇다고 이럴 정도는 아니다. 저들도 격을 갖춘 존재들이니 말이다.

경의를 표하는 기사와 마법사들을 지나쳐 영주 관저에 이르자 크리머 백작과 그의 딸을 볼 수 있었다.

바람의 기사라는 요한 크리머와 그의 딸 엘리스 크리머다. 어디서 일지모르는 바람의 힘을 숨기고 있는 요한은 허허롭지만 광폭해 보였고, 엘리스는 완전히 바람이나 다름없었다.

가지고 있는 에너지는 비록 적었지만 인간으로 화신한 풍모의 육체와 비교해도 손색이 없을 정도록 완벽한 정령체였다.

― 귀인을 뵙습니다.

― 귀인을 뵙습니다.

요한과 엘리스가 나에게 경외를 담아 인사를 해온다.

― 반갑습니다.

― *과분한 예의십니다. 저는 당신께 쓰일 날을 기다리는 하찮은 존재이니 예를 거둬주십시오.*

내가 인사를 하자 요한이 부탁을 해왔다.

― *크리스가의 문제로 저를 기다리고 있다는 것은 이해가 가지만 쓰일 날을 기다리다니 이상하군요.*

― *하탄, 아니 브리턴으로 처음 넘어오신 선조께서 당신에 대한 예언을 남기셨습니다. 가문에 빛을 가져와 잃어버린 것을 찾아주실 존재라고 유언이었습니다. 저로서는 선조의 유명을 거스를 수 없습니다.*

― *음, 알겠다.*

요한의 목소리에서 진심을 느낄 수 있었기에 하대를 했다.

― *그리고 소개해 드릴 분이 있습니다. 바로 세상에는 제 딸로 알려진 분입니다.*

요한의 말에 엘리스에게로 시선을 돌렸다. 그리고 그의 말을 이해할 수 있었다.

엘리스의 실체가 변하고 있었다. 요한의 소개가 있자마자 정령체를 뛰어넘어 버린 엘리스의 육체는 정신체로 진화하고 있었다. 격을 갖추고, 권능을 담은 정신체였다.

그뿐만이 아니었다. 얼굴도 바뀌고 있었다. 그것도 내가 잘 알고 있는 얼굴로 말이다.

[연미와도 연관이 있는 건가?]

[맞아요. 지구에 있는 가이아의 안배로 탄생한 당신의 반려와 엘리스는 동일체에요. 지구에는 인간의 육체가 이곳에는 정령체로 위장한 정신체가 존재하죠. 일곱 세상에 남겨진 창조주의 마지막 안배가 우리였다면, 당신의 반려는 지구와 브리튼에 남겨진 안배에요.]

'으음. 도대체 모르겠군.'

내가 속한 대차원의 진짜 주인이라고 할 수 있는 창조주의 의도를 도무지 모르겠다.

닫힌 세계에서 열린 세계로 나를 통해 대차원을 새롭게 정립하려고 했다는 것을 수모로부터 듣기는 했지만 어째서 이런 안배를 남겼는지 말이다.

[저 존재가 연미의 정신체라면 나오는 반대로군.]

[맞아요. 지구에 존재했던 당신은 실제로는 정신체였어요. 육체는 이곳에 있었죠. 정신의 성장을 끝낸 후 이곳에 와서 하나가 된 것처럼 이제 정신체로 각성한 당신의 반려는 지구로 가서 육체와 하나가 되어야 해요.]

[어째서 이런 안배를 남긴 거지?]

[그건 저도 몰라요. 하지만 하나는 알고 있어요.]

[뭐지?]

[창조주께서 마지막으로 남긴 것은 세상은 홀로 존재할 수 없다는 것이었어요. 에테르도 카오스도 모두 하나에서 출발을 했지만 존재하기 위해 둘로 나눠진 것뿐이라고 하셨죠.]

[하나에서 나왔지만 둘이었기에 존재했다는 말이로군.]

[맞아요. 오롯이 존재하는 하나는 결국 아무 것도 없는 것이
니까요.]

[후후후, 결국 그것이었나?]

창조주도 자신이 창조한 대차원이 유한하다는 것을 느낀 것
이 분명하다. 결국 소멸의 길로 들어설 테지만 자신이 남긴 창
조의 씨앗을 통해 부활하며 계속 이어지기를 택한 것 같은 생각
이 든다.

지금까지 일어난 차원간의 사건들은 결국 부활로 가는 과정
일 뿐인 것이다.

'대차원이 무한히 지속되려면 창조주가 계속 나타나야 한다.
그러기 위해서는 격을 지닌 존재들이 계속 성장해야 하고. 열린
세계로 성장하기 위해서 기반을 만들고, 걸림돌을 모두 치우는
것이 내가 맡은 소임이로군. 연미 또한 마찬가지고 말이야. 으
음.'

내 역할에 대해 인식을 끝내자 정보가 쏟아져 들어온다. 내가
속해 있었던 대차원뿐만 아니라, 외계로 여겼던 세 개의 대차원
이 가지고 있는 모든 정보가.

인과율 시스템이 가지고 있는 정보를 흡수해본 적이 있지만,
차원이 다른 정보들이었다.

정보가 들어온 시간은 찰나에 지나지 않았지만 지금까지 브
리턴으로 오고 나서 보고 들었던 모든 것들이 진실임을 알 수

있었다.

　내게 들어오고 있는 것은 인과율 시스템에 있는 것이 아닌 대차원을 만들었던 창조주가 세상 곳곳에 새긴 정보들이다. 그리고 오직 나만이 해독할 수 있는 것이었다.

　조금 이나마 의심을 가졌던 수모의 말들은 모두 사실이었다.

　[수모, 연미와 저 정신체를 융합하려면 지구로 가야 하나?]

　[당신의 반려가 이곳에 온다고 해도 가능한 일이에요.]

　[그런가?]

　팟!

　수모의 대답을 듣자마자 생각이 일었고, 연미가 경계를 뛰어넘어 내 앞에 현신했다.

　— *저기 있는 여자아이의 손을 잡아.*

　어리둥절해 있는 연미를 향해 사념을 보냈다.

　— *저기 저 아이요?*

　— *그래, 연미야.*

　— *알았어요.*

　연미는 아무 의심 없이 정신체로 변한 엘리스에게 다가가 손을 잡았다.

　정신체가 연미의 몸으로 천천히 스며들었고, 금빛의 광채가 연미의 육체에서 흘러나왔다.

　잠시 뒤 흘러나오던 금빛의 광채가 사라지고 연미의 모습이 드러났다. 전보다 훨씬 아름다워진 연미의 모습은 성스러워 보이기까지 했다.

─ 이상한 것들이 느껴져요. 그리고 알 수 없는 정보들도요.

─ 괴리감은 들지 않고?

─ 아니요. 전혀요. 본래부터 내 것인 것처럼 위화감이 전혀 없어요. 으음.

─ 왜 그래?

연미의 신음 때문에 놀라 물었다.

─ 괜찮아요. 아기가 발로 차서 그랬어요.

─ 벌써?

─ 얼마 전부터 간혹 발로 차곤 해요.

─ 건강한가 보군.

─ 그래요. 아주 건강한 것 같아요. 그런데 내가 지금 알게 된 것들이 모두 사실인가요?

─ 사실이야.

─ 당신과 내가 이 세상이 만들어질 때부터 하나가 될 운명이었다니 정말 놀랍네요.

─ 나도 놀랐어. 그런데 괜찮겠어?

나와 연미가 맡게 될 소임을 생각하며 물었다. 아이를 가진 몸이었기 때문이다.

─ 어차피 아기를 낳고 시작할 거잖아요.

─ 그렇기는 하지만……

─ 걱정하지 말아요. 지금도 괜찮지만 아이를 낳고 나면 더

좋아질 테니까요.

— 알았어. 일단은 나 먼저 움직이도록 할게.

— 그렇게 해요. 인과율 시스템을 속이려면 당신 먼저 움직이는 것이 나을 것 같아요.

— 조심하고.

팟!

사념을 보내자마자 연미가 사라졌다. 공간 이동을 통해 지구로 돌아간 것이다.

오래 전에 안정이 끝난 브리턴보다 세계가 변하고 있는 중이라 지금 당장은 지구가 덜 위험하다. 권능을 가진 존재들이 힘을 제대로 쓰지 못하니 말이다.

더군다나 가이아의 약속이 있기도 하고.

— 이제 들어가서 이야기를 해볼까? 앞으로 어떻게 해야 할지 말이야.

— 들어가시지요. 안으로 들어가시면 편안하게 말씀을 하실 수 있을 겁니다.

요한의 사념이 끝나자마자 경의를 보내던 기사와 마법사들이 일사분란하게 움직여 결계를 형성한다. 관저를 중심으로 사방을 경계하며 결계를 펼치자 모습이 사라졌다.

정말 강력한 결계다. 한 명 한 명이 격을 갖춘 존재로 거듭난 이들이다. 이들이 치는 결계는 아마도 인과율 시스템을 피해가게 해주는 모양이다.

'그래도 혹시 모르니……'

초월적인 존재로 각성을 했지만 만약이 있을 수도 있기에 의지를 일으켜 외곽에 한 겹의 결계를 덧씌웠다.

내 의지만으로 이루어진 것이지만 인과율 시스템을 속이는데 도움이 될 것이다.

관저로 들어선 요한은 응접실로 나를 안내했다.

"편히 앉으시면 됩니다."

그는 나를 응접실 중간에 위치한 소파에 앉게 했다.

"고맙다. 그리고 브리턴에 당면한 문제가 뭔지 알려줬으면 좋겠다."

"이미 아시고 계시겠지만 브리턴은 이미 황제의 수중에 있는 것이나 다름없습니다."

요한 크리머는 내가 세계의 정보를 다시 인식했다는 것을 알고 있는 듯 말했다.

내가 다시 돌아오는 순간 각성을 한 후 마나 마스터에 준하는 권능을 얻어 내가 것을 일부나마 엿본 모양이었다.

"프리온이 바라스의 손에 들어간 것 때문인가?"

"그렇기도 하지만 통로가 완전히 열리고 난 후 황제인 바라스는 카오스를 흡수해 에테르와 융합을 이뤄낸 것으로 보입니다."

"브리턴의 진정한 주인이라고 할 수 있겠군. 외계의 존재도 만만치 않을 텐데 말이야."

"지구의 영국이라는 국가가 세계를 제패할 수 있도록 뒤를 봐주었던 가문이 브리턴가였습니다. 이곳으로 건너오기 전에 가장 많은 신화를 확보한 곳도 바로 브리턴가였고 말입니다. 그들이 얻은 신화 중에 가장 중요한 것을 얻은 곳이 인도라는 곳으로 알고 있습니다."

"그럼 이해가 되는군. 신격을 지닌 존재가 가장 많은 것이 바로 인도니 감춰진 권능도 많이 보유했겠군."

지구에 존재하는 신화의 신들은 종류에 따라 다르지만 지역마다 존재하며 대부분 백 단위를 넘어가지 않는 신이 등장한다. 그에 반해 인도에는 힌두교, 불교 등 수많은 신화가 있고, 신들은 수도 천 단위를 넘어간다.

브리턴가가 인도의 신화들을 얻었다면 요한의 말대로 에테르와 카오스를 융합했을 가능성이 많다. 인도의 신화들은 대부분 탄생과 소멸을 같은 선상에서 놓고 보니 말이다.

"바라스를 처리하는 것이 우선인 것인가?"

"그렇습니다. 하지만 그 전에 프리온을 수중에 넣는 것이 우선입니다."

"프리온에 세계를 연결하는 또 다른 축이 있기 때문이로군."

"그렇습니다. 프리온에는 지구 말고도 외계의 다른 일곱 세상과 연결되어 있는 신기가 있습니다. 바라스가 가지고 있는 힘의 원천이라고 할 수 있는 것이니 반드시 손에 넣어야 합니다."

"그렇게 하도록 하지. 프리온을 차지하기 위해 준비한 것이 있나?"

"센트 싸인 마탑의 진정한 주인이라고 할 수 있는 엘프들이 이미 모든 준비를 끝냈습니다. 선택을 하시게 되면 시간이 얼마 지나지 않아 모든 것이 정리될 겁니다."

"소수 정예로 갈 건가? 아니면 전쟁인가?"

"아시고 계시겠지만 어떤 수를 선택하시든지 자신 있습니다."

"으음. 소수 정예로 가는 것으로 하지."

"직접 처리를 하실 생각인신 겁니까?"

"쓸데없이 피를 흘리고 싶지는 않으니까."

"그렇다면 알겠습니다."

요한도 내 말뜻을 이해한 것 같았다.

대다수의 인류는 신들이라 불리는 존재들의 욕망으로 인해 피해를 입은 피해자다. 회귀한 나로서는 더 이상의 희생은 달갑지 않았기에 문제를 일으킨 존재들만 처리하려는 것이다.

"센트 싸인 마탑으로 먼저 가야겠군."

"포털이 설치되어 있으니 곧바로 이동이 가능합니다만, 이번 일에 포함될 인원은……."

"여기에 있는 인원이면 될 것 같은데?"

"이 인원만으로 말입니까?"

요한이 말끝을 흐리는 이유는 나도 안다. 하지만 이 인원만으로도 가능하다.

"충분히 가능하다. 포털을 건너기 전에 두 번째 각성을 이룬다면 말이야."

"두, 두 번째 각성이요?"

"프리온을 제압하는 데 전혀 문제가 없을 거야. 엘프들과 요한만 각성하면 자잘한 것들을 상대할 방법은 나에게 있으니 말이야. 그럼, 곧바로 시작을 해볼까?"

아공간에서 노바 다섯 개를 꺼냈다.

지구에서 가족들과 테라 나인에게 나누어준 것과는 조금 다른 노바다. 요한과 엘프들의 두 번째 각성을 위해서 급조한 것이니 말이다.

내가 꺼낸 노바들은 백성준 장군의 권능을 카피한 것이다.

나와 네트워크를 이루도록 하는 것은 물론이고, 잔챙이들을 처리할 개마무사들을 지휘할 수 있는 통제권까지 포함한 권능이니 충분할 것이다.

요한과 엘프들은 내가 건네는 노바를 받아들었다.

녹색의 광채와 함께 노바가 손바닥을 통해 스며들었다. 나를 정점으로 이루어진 강력한 네트워크가 구성이 됐다.

"굉장하네요. 당신의 힘을 일부나마 가져다가 직접 쓸 수 있다니 말이죠."

수모가 놀란 듯 말했다.

신과 사도 사이에 이루어지는 권속의 약속보다도 강력한 결속을 보이는 것임을 알아차린 모양이었다.

권속의 약속은 많은 시험과 심심을 통해 이루어지는 것이었는데 한 순간에 이루어졌으니 놀랍기도 할 것이다.

"이제부터 저들을 내 사도로 보면 될 거야."

"그렇군요."

뭔가 미심적어 하는 것 같지만 더 이상은 알려줄 필요가 없기에 말해주지 않았다.

"크리머 백작령을 맡아서 관리를 해 줄 이를 뽑은 후에 포털을 열도록."

늘어난 힘을 느끼며 멍하게 서 있는 요한을 향해 말했다.

"이미 백작령을 관리할 자를 선임해 두었으니 바로 포털을 열어도 됩니다."

"크리머 백작령의 전력이 전부 가는 것이 아니니까 말이야."

"황제가 백작령을 칠 수도 있다는 말이군요."

"프리온이 수중에서 벗어난 것을 알면 브리턴가에서는 혈안이 될 거야. 브리턴 곳곳에 설치된 황실 마탑의 감지기라면 크리머 백작령에서 발생하는 변화를 곧바로 알아차릴 것이고, 우리 전력이 전부 프리온으로 향했다고 빈집털이를 하려고 할 공산이 크니 그에 대한 준비를 하라는 뜻이야. 그리고 내가 시간이 필요해서 그래."

"알겠습니다. 대처 방안을 세워서 관리할 자에게 인계를 하겠습니다. 그런데 시간이 얼마나 필요하신 겁니까?"

"하루면 될 거야. 내가 시간이 필요한 이유는 기사들과 마법사들에게 노바를 주기 위해서이니까. 권능까지는 아니더라도 근접한 능력을 심어줘야 황제의 숨겨진 세력을 견제할 수 있을 테니까."

"감사합니다!"

요한은 감격한 표정을 나를 바라보았다.

이제는 크리머가 되어버린 크리스 가문의 전력을 증가시키는 일이었기 때문인 것 같다.

"기사들과 마법사들을 한 곳으로 모을 만한 공간이 있나?"

"관저 지하에 있는 연무장이라면 모두 모이더라도 넉넉할 겁니다."

"좋아. 다들 모이라고 연락을 해. 곧바로 시작할 테니까. 그리고 결계에 대한 것은 걱정하지 마. 이미 내 의지로 결계를 쳐 두었으니 기사와 마법사들이 빠져도 될 테니."

"예. 알겠습니다."

요한은 대답을 마친 후 결계가 친 기사와 마법사들에게 텔레파시를 보냈다.

― 모두 지하 연무장으로 가라.

― 영주님.

― 결계는 걱정하지 말고 모두 지하 연무장에 집합해라. 마스터의 명이시다.

요한과 수하들 사이에서 오고가는 텔레파시를 들을 수 있었다. 감청은 아니지만 결계를 통해 내 의지하에 놓인 곳이라 자연스럽게 들린 것이다.

'기강이 잘 잡혀 있군.'

내가 친 결계를 느끼지 못함에도 요한의 명령을 따라 지하 연무장으로 모이는 것을 보니 군기가 제대로 서 있는 것 같다.

'요한도 느끼지 못하는 것을 보니 아직도 권능이 숙달되지 않은 모양이군. 하긴 속성으로 얻은 것이니까.'

요한도 결계를 느끼지 못하는 것이 분명했지만 내 지시를 따르는 것을 보니 믿음이 갔다.

사실 요한의 수하들이 친 결계는 문제가 있다. 인과율이 미치는 것을 차단하는 것은 문제가 있다는 것을 알려주는 것이나 진배없는 일이다.

그래서 결계가 쳐지는 것과 동시에 하나의 결계를 외곽에 더 쳐두었었다. 지구의 스텔스 무기 체계가 레이더를 반사하거나 흡수하는데 착안해 인과율이 투과되도록 한 것이다.

다른 것 없다. 공간을 그대로 둔 채 인과율이 빗겨가게 만들어 인과율 시스템이 결계라는 것조차 인지하지 못하게 만든 것이다.

요한도 자신의 권능에 대해 완전히 자각을 하게 되면 알게 될 것이다. 그도 가능한 것이니 말이다. 그의 휘하에 있는 기사나 마법사들도 마찬가지다. 요한이 통제하기 시작하게 되면 내가 친 결계를 감지하게 될 테니까.

"가지!"

— 예.

"그냥 말로 대답해도 괜찮다. 인과율 시스템은 절대 인지하지 못하니까."

"알겠습니다. 절 따라오십시오."

요한이 앞장서 지하연무장으로 안내를 했다. 뒤를 따르는 나를 따라 엘리멘탈들과 엘프들도 쫓아왔다.

꽤나 큰 연무장인데도 초월자에 근접한 기사들과 마법사들이 모여 있자 가득 차 보였다.

"데얀!"

"예, 영주님."

요한의 부름에 맨 앞줄에 서 있던 마법사가 대답을 했다. 이곳에 처음 왔을 때 내 신분을 확인했던 마법사였다.

"마스터, 저를 대신해 백작령을 관리하게 될 데얀입니다."

"그런가. 그러면 데얀부터 해야겠군. 데얀은 익히고 있는 마나 맵을 운용해라."

데얀은 내 지시에 묻지도 않고 곧바로 자리에 앉아 마나 맵을 취했다. 가부좌와 비슷한 자세였다.

나는 데얀의 정수리에 손을 얹고 그가 가지고 있는 인간으로서의 제한을 풀었다. 창조의 씨앗이 발아했지만 아직 자라지 않는 것은 데얀 스스로가 가지고 있는 제한 때문이다. 그것은 다른 마법사나 기사들도 마찬가지다.

제한이라는 것은 별거 아니다. 유한한 생을 살기에 경험할 수 있는 폭이 너무 협소하다. 세상의 진실을 보지 못하고 스스로를 좁은 인식 속에 가두어 두는 것이다.

제한을 푸는 것도 별거 아니다. 전부는 보여줄 수 없지만 세계가 창조되고 생명이 융성하는 과정을 인식시키는 과정을 압축해 보여준 것뿐이다.

세상에 존재하는 모든 생명의 경험을 찰나간이지만 전부 보여준 것이다.

데얀의 몸에서 희미한 광채가 흘러나오기 시작했다. 진정한 초월자의 영역으로 접어들고 있는 것이다.

"다른 이들도 지금 즉시 본인들이 익히고 있는 마나 맵을 운용해라."

데얀의 정수리에서 손을 떼고 모여 있는 이들을 향해 말했다.

지켜보던 마법사들과 기사들이 일제히 자리에 앉아 자신의 마나 맵을 운용하기 시작했다.

데얀과 같이 한 명 한 명에게 세계의 탄생과 진화 과정을 인식시켰다. 그리 많은 시간이 걸리는 일이 아니었기에 금방 끝낼 수 있었다.

"너도 마나 맵을 운용해라."

자신의 수하들이 진정한 초월자가 되어가는 과정을 지켜보며 놀라고 있는 요한에게 말했다.

요한도 급히 자신의 마나 맵을 운용하기 위해 가부좌를 틀었다.

'저들에게는 단편적으로 인식을 시켰지만 요한은 통제의 권능을 얻었으니 좀 더 풀어서 인식을 시켜야겠군.'

정수리에 손을 얹고 인식을 시켰다. 다른 이들과는 차원이 다른 빛이 요한의 몸에서 흘러나왔다.

"너희들도 운용을 해라."

엘프들에게도 지시를 내렸다.

"예, 마스터."

크리머 백작령의 사람들과는 달리 엘프들은 마나 맵을 운용하기 위해 반듯하게 누웠다. 자연과 항시 교감하는 특성 때문에 생긴 운용법이었다.

엘프들에게는 이마에 손을 얹어 하나하나 똑같은 과정을 인식시켰다. 요한과는 달리 기사들이나 마법사들에게 했던 것과 같은 인식이었다.

'어리둥절한가 보군.'

격을 갖추었지만 초월자로 인식되지 못했는데 한 순간에 엘프들이 변한 것을 느꼈는지 엘리멘탈들의 눈빛이 흔들리고 있었다.

다들 처음으로 갖게 된 것이라 제어가 잘 되지 않아 분출하는 탓에 지하 연무장에 가득차기 시작한 막대한 권능의 힘도 한몫을 했을 것이다.

인과율 시스템과 세상을 통제하는 것과 비슷한 권능이 느껴졌을 테니 말이다.

"이제 다 끝난 건가요?"

"아니. 권능을 수습하고 안정이 되어야 끝날 거야, 수모."

"그렇군요. 그나저나 프리온에 있는 자들은 어떻게 하실 생각이에요?"

"아직 생각 중이야. 센트 싸인에서 확인해야 할 것도 있고."

"센트 싸인에서 확인할 것이라니요?"

"전에 이곳에 남기고 간 것 좀 확인해 보려고 해."

"으음, 당신이 남긴 것 말이군요."

수모의 표정이 좋지 못하다. 있는 그대로 표정이 얼굴에 나타나고 있다.

"걱정하지 않아도 될 거야. 브리턴이 변화하는 일은 없을 거니까. 물론 다른 세계도 그렇고."

"알고 계셨군요. 당신이 남긴 그것들이 세계에 힘을 불어 넣고 있는데 회수해 버리면 근간이 흔들려서 걱정을 좀 했어요."

"후후후, 괜한 걱정을 했군."

강제로 남겨진 에테르들은 프리온과 센트 싸인의 연결을 끊어내는 것에 쓰이기도 했지만 보다 중요한 것은 다른 것이었다.

바로 엘리멘탈들이 머물렀던 세계를 안정화시키는 역할이었다. 수모는 내가 에테르들을 회수해 엘리멘탈들이 맡고 있는 세계가 흔들릴까 우려했던 것이다.

"센트 싸인과 프리온의 연결이 끊어진 것은 알겠는데 외계에서 계속해서 흘러들어오고 있는 카오스의 영향은 어느 정도나

되는 거지?"

"황제나 마탑주는 각성을 한 것 같아요. 브리턴으로 넘어오기 전에 베풀어진 영혼의 연결도 끊어진 것 같고요. 특히나 그 둘을 중심으로 휘하의 세력에 있는 존재들에게 빠르게 유입되고 있어요."

"본격적으로 준비를 하는 모양이군."

"에테르와 카오스의 융합으로 게이트 입구에서 불고 있는 폭풍이 가라앉으면 곧바로 넘어갈 것 같아요."

"결국 일어날 일이지만 조금 빠르군."

"그들로서는 몇 천 년을 준비해온 일이에요."

지구와는 시간이 흐름이 자른 브리턴이다. 브리턴의 존재들에게는 결코 빠른 것이 아니었다.

"지구의 존재들은 결국 무너지겠군."

시간의 괴리가 발생한 만큼 지구와 브리턴이 보유한 전력의 격차는 상당히 크다. 지구는 겨우 100여 년이지만 브리턴은 수천 년을 준비해 왔으니 말이다.

브리턴의 존재들이 오랜 시간동안 준비한 것들을 생각하면 지구의 이면 조직들은 순식간에 무너질 가능성이 컸다.

"그럴 가능성이 크지만 확실한 것은 아니에요. 지구의 존재들도 결코 놀고 있지만은 않았을 테니까요."

"그렇기는 하지."

수모의 말이 맞다. 식민지의 자원을 수탈하듯 지구의 존재들은 브리턴에서 많은 것을 빼앗았다.

시간의 괴리가 있다는 것을 알고 있는 초월적인 존재들이 이런 상황을 대비하지 않을 리 없었다.

지구의 샴발라에도 외계와의 통로가 있다. 지구의 이면 조직들과 관련이 없을 리 없는 상황이다.

더군다나 회귀 전에 그들이 나에게 한 실험들을 보면 카오스와 에테르를 동시에 사용할 수 있는 방법을 오래 전부터 알고 있었던 것 같으니 대비책이 있을 것이 분명했다.

제6장

6

영주 관저의 지하에 있는 연무장이 청적에 휩싸였다.

권능을 수습하고 격을 가진 존재로 각성해서 초월자가 된 이들이 가득 들어차 있는 연무장 안은 숨소리조차 들리지 않았다.

요한을 비롯해 나를 바라보는 기사들과 마법사들의 눈에는 경외감이 서려 있다.

영주성을 중심으로 퍼져 있는 결계의 존재를 어렴풋이 느끼고 있기에 그런 것 같다. 세상과의 단절이 아니라 인과율을 비껴내는 결계는 신이라 할지라도 치기 쉬운 것이 아니라는 것을 알게 된 까닭이다.

"우리는 곧바로 센트 싸인으로 갈 것이다. 에스미아!"

"공간을 열겠습니다, 마스터."

내 부름에 시립하듯 뒤에 서 있던 에스미아가 앞으로 나와 수인을 그렸다.

푸른빛의 마나가 에스미아의 손끝에서 흘러나와 동심원을 그리듯 바닥으로 퍼져나가 지하연무장을 감쌌다.

매스 텔레포트가 시전된 것이다.

팟!

그렇게 에스미아의 도움으로 지하 연무장에 있던 인원 전원이 센트 싸인으로 이동할 수 있었다.

'센트 싸인 전체를 결계로 감싸 안았군.'

공간 이동으로 도착하자마자 마탑에서 흘러나오는 막대한 에테르가 마법 도시인 센트 싸인을 감싸고 있음을 느낄 수 있었다.

'재미있군. 프리온의 상공을 지나는 위성을 통해 이곳의 에테르를 각 세계로 보내고 있다니.'

프리온과 센트 싸인의 상공을 지나던 위성 같은 물체가 고정되어 있었다. 마탑의 중심부와 직각을 이룬 상태였다.

마탑에서 나오는 에테르는 도시를 감싸고 있을 뿐만 아니라 우주로 뻗어나가 위성과 같은 마법기를 통해 엘리멘탈들의 세계로 흘러가고 있었다.

'강제로 남겨진 에테르의 근원이라서 가능한 일이겠지.'

다른 에테르라면 반발했겠지만 내가 남겨 놓은 것은 모든 에테르의 근원이라고 할 수 있었다.

엘리멘탈들의 각자의 세계로 유입이 되도록 한 것은 반발이 거의 없어서일 것이다.

더군다나 카오스와 접촉하면 융합해 새로운 에너지로 변화해 버리니 세계를 지키는 최후의 수단으로 취한 조치인 것이 분명했다.

"마스터, 그곳으로 가시겠습니까?"

"그러지."

마탑의 지하에 있는 깔때기 같이 생긴 역 피라미드형태의 구조물로 가자는 에스미아의 말에 고개를 끄덕였다.

"나와 에스미아만 간다. 다들 여기 있도록."

따라오려는 이들을 제지하고 에스미아와 함께 마탑으로 들어갔다. 내 힘의 근원을 빼앗은 공간으로 가기 위해서다.

에스미아가 앞장선 후 뒤를 따라 지하로 내려갔다.

"강력한 에테르 폭풍이 불고 있어서 안으로 들어가실 수는 없습니다."

제일 밑 부분에 도착하자 에스미아가 말했다.

"여기 있어라."

팟!

에스미아의 말을 무시하고 공간 이동을 통해 꼭짓점에 해당하는 부분 위로 공간 이동을 했다.

'에너지가 점점 더 늘어나고 있군.'

흑색, 적색, 녹색의 에테르 구체가 삼재를 그리며 연신 자리를 바꾸고 있었다. 서로가 에테르를 교환하는 가운데 주변의 에너지 양이 늘어나고 있었다.

지금 서로 교환하고 있는 에너지들은 구체가 가지고 있는 것이 아니라 브리턴의 마나를 변화시켜 발생시키는 것이다.

에너지의 양이 점점 더 커지고 있지만 구체의 크기는 변화가 없었다. 발생한 에너지들이 꼭짓점으로 빨려 들어가더니 분출되고 있었기 때문이다.

'저것은 카오스가 근원인 것 같은데도 잘 제어되고 있구나. 쉽지는 않았을 텐데 놀라운 일이다.'

프리온과의 연결을 끊었다는 것은 카오스로 이루어진 에너지 구체의 제어권을 빼앗아 왔다는 뜻이다.

사실 상극인 탓에 에테르와 반발하는 특성상 쉽지가 않은 일이었는데 눈앞에서 실제로 이뤄지고 있으니 신기한 일이다.

'일체 다른 의지가 느껴지지 않는 것을 보니 뭔가 다른 것은 없는 것 같은데…….'

수모의 말이 사실임을 확인할 수 있어 어느 정도는 안도할 수 있었다.

세 개의 에테르가 발생하는 에너지를 흡수한다면 창조에 근접하는 힘을 얻을 수 있다. 흡수한 존재가 엘리멘탈들이라면 창조주가 될 수도 있었을 텐데 내게 말을 해준 그대로여서다.

'프리온과의 연결은 이미 예전에 끊어진 것 같고, 수모가 말한 대로 융합된 에너지가 각 세계로 흘러들어가고 있지만 그래도 아직까지는 완전히 믿을 수 없다.'

수모가 내게 말해준 대로지만 불안감은 여전하다.

창조주가 최초로 안배한 존재들이라고는 하지만 엘리멘탈들은 아직까지 믿을 수 있는 존재들이 아니다. 인과율을 속이고 비틀고, 비껴내는 것이 가능하다는 것을 알게 된 후에 믿음의 가능성이 아주 적어졌다.

처음 만났을 때부터 서방님이니 뭐니 하며 나를 위해 준비하는 것 같았지만 눈앞에 보이는 내 힘의 근원들을 나도 모르게 빼냈다. 그리고 무엇보다 바이네스가 진명이 미네르바인 존재에 의해 장악되었었다는 것도 숨겼다.

'만약에 하나 틀어질 수도 있으니…….'

지금까지 나에게 해가 되는 일은 없었지만 혹시라도 모를 일이기에 조치를 취하기로 했다.

서로 위치를 바꿔가며 에너지를 교환하고 있는 에테르 구체에 내 의지를 부여했다. 녹령과 적령이라 이름 붙인 에테르 구체는 나로부터 비롯된 것이라 쉬웠다.

'이놈은 좀 까다롭군.'

검은 구체는 카오스가 근원이라 조금 까다로웠다. 녹령과 적령을 나에게서 빼낸 일이 각인이 된 것인지 의지가 스며있지 않음에도 격렬히 저항을 한다.

저항을 해봤자 소용은 없다. 카오스를 이용해 세계를 구축했던 나다. 카오스 에너지가 가진 특성을 모두 파악하고 있으니 제어하는 것은 문제가 아니다.

— 너의 모든 것이 나로부터 비롯되었다.

강력하게 의지를 부여한 후 내게 속한 카오스를 검은 구체에 연동시켰다. 다른 것이 섞이지 않은 순순한 에너지 결집체라서 그런지, 동류의 에너지라서 그런지는 모르지만 무섭게 흡수되어 버렸다.

같은 근원을 가지고 있는 에너지라 융합이 이루어졌고, 내가 부여한 의지가 검은 구체에 각인되기 시작했다.

'됐다.'

— 너의 이름은 흑령이다.

각인이 끝난 후에 검은 구체에 이름을 부여했다.

녹령과 적령은 흑령이 나에게 속한 것임을 인식하고 전보다 더 많은 양의 에너지를 교환하기 시작했다.

삼색의 구체가 자신만의 특성을 가진 에테르를 방출해 서로 교환하고 있었지만 사실은 효율이 높은 것은 아니었다.

상극의 특성상 대부분의 에너지가 반발하는 것을 막는데 쓰였기 때문이다.

의지를 부여해 반발을 최소화한 것뿐이었음에도 에너지의 교환하는 양이 몇 배나 늘었다.

'으음, 브리턴에 가득한 마나가 더욱 빠르게 변하고 있구

나. 어디?'

교환하고 빠져 나가는 양이 가속화되고 있지만 제어에는 문제가 없다. 촉매가 되는 녹령, 적령, 흑령의 본래 모습에는 변화가 없기 때문이다.

사실 삼색의 에테르 구체는 정신체로 성장하기 위한 직전의 단계라고 할 수 있다. 브리턴에 가득한 마나를 이용해 자신의 몸집을 불리고 있어야 정상이라고 할 수 있다.

그러나 세 개가 묘하게 평형을 이루고 있는 터라 마나를 흡수하지 못하고 있다. 시간이 더 지나면 조금이라도 흡수해 성장하는 것이 가능하겠지만 저렇게 곧바로 다른 세계로 빠져나가 버리니 그렇게 되지는 않을 것이다.

'지금 한 안배가 혹여라도 발동이 되지 않기를 빌지만……'

균형 상태를 전보다 견고하게 해놨다. 변형시키지 못하도록 말이다. 변형을 시킬 수 있는 존재들은 기껏해야 서넛이다. 내가 속한 차원을 만든 창조주나, 본래의 모습으로 돌아간 천환, 그리고 창조주로 성장한 외계의 존재들뿐이다.

이들 중 그 누구라도 센트 싸인 마탑에 만들어진 이곳과 관련이 없기만을 바랄 뿐이다. 이상이 생긴다면 내가 지금까지 의심해온 것이 틀리지 않는다는 것이니까.

팟!

공간 이동으로 에스미아가 기다리고 있는 곳으로 갔다.

에스미아도 내가 안으로 들어간 후 브리턴의 마나가 빠르게 변화하고 있는 것을 느낀 것인지 심각한 표정이다.

"괜찮으신 겁니까?"

"걱정하지 마라. 올라가자."

"예, 마스터."

1층으로 올라오자 다들 굳은 안색으로 대기하고 있었다. 엘리멘탈들은 물론이고, 다들 격을 갖춘 존재가 되었기에 세상의 변화를 인지하고 있었다.

"곧바로 프리온으로 간다."

"준비도 없이 간다는 것은 위험해요, 마스터!"

수모가 급하게 반대하고 나섰다.

"걱정할 필요 없다. 준비는 이미 크리머 백작령에서 끝냈으니 말이야. 여기서 필요한 것은 엘프들이 준비해 놓은 한 장비뿐이다. 그리고 프리온으로 가는 것은 엘프들과 크리머 백작령의 전력들만이다."

"무슨 말이죠?"

"너희들은 이곳을 지켜라."

"우리보고 이곳에 남으라는 건가요?"

"그래, 이곳에서 지하에 있는 에테르의 근원들을 지켜라. 그것이 너희가 해야 할 일이다."

"으음."

수모는 물론 다른 엘리멘탈들의 얼굴이 굳어졌다.

"이곳의 일이 더 중요하다. 프리온이 무너지게 되면 너희들의 세계도 위험해질 수 있으니 말이야."

"우리들의 세계가 무너지다니 무슨 말이죠?"

"내 예상이기는 하지만 이곳에 누군가 나타날 것이다."

"프리온이 함락되고 난 후 이곳에 나타날 존재들을 우리가 막으라는 말이군요."

"후후후, 역시 수모군. 프리온이 무너지게 되면 누군가 이곳에 나타날 거다. 어떤 존재가 되었건 지하에 있는 에테르의 근원들이 탈취되지 못하도록 막는 것이 너희들이 맡아야 할 임무다. 내 기대를 저버리지 말도록."

"알았어요. 걱정하지 마세요."

"부탁한다."

수모에게 당부를 끝내고 기사들과 마법사들에게로 시선을 돌렸다.

"에스미아!"

"예, 마스터."

"저들을 무장시킬 것들은 있나?"

"충분합니다."

"품질은?"

"프리온에서 만들어진 최상위 무구들과 비교해서 절대 뒤지지 않을 것들로 전부 세팅이 가능합니다."

"좋군. 한 시간 이내로 준비를 끝내라. 무장을 모두 갖추면 곧바로 공간 이동을 통해 스카이 스크래퍼로 갈 것이다."

"예, 마스터."

에스미아는 허리를 접어 인사를 한 후 요한을 비롯한 기사들과 마법사들을 이끌고 마탑의 상층부로 향했다. 마탑주가 머무는 공간 바로 밑에 층에 있는 창고로 가기 위해서였다.

공간 왜곡이 걸려 있는 마탑의 창고는 방대한 넓이를 자랑했다. 축구장을 수십 개 합쳐 놓은 것 같은 창고에는 길드의 창고에서 보았던 것과 같은 기둥들이 줄 지어 늘어서 있었다.

엘프들이 마법기를 보관하는 기둥들에 걸려 있는 결계를 해제했다.

'브리턴 황가에서 이런 것들이 있다는 것을 눈치채지 못하도록 감추는 것도 일이었겠군.'

기둥 안에는 하나같이 신기에 가까운 마법기들이 보관되어 있었다. 하나같이 한 국가의 운명을 좌우할 만한 대단한 것들이었다.

"자! 각자 느껴지는 것이 있을 테니 자신과 인연이 있는 것들을 찾아보도록 해라."

이제는 격을 갖춘 초월자들이다.

자신의 의지와 부합되는 마법기들을 찾는 것이 어렵지 않을 터라 각자에게 선택을 맡겼다.

기사와 마법사들이 자신을 부르는 느낌을 따라 기둥으로 향했다. 얼마 지나지 않아 자신에게 맞는 기둥들을 선택했다.

'재미있군. 하나같이 비슷한 선택을 하다니 말이야.'

각자 선택은 기둥은 달랐지만 안에 들어 있는 내용물을 한결같았다. 기둥 겉면에 나타난 정보를 보면 모두가 슈트 형태의 마법기였다.

마법 금속으로 합금을 만들고 에고를 장착한 마법 슈트들은 마치 전신 갑옷과 같았는데, 변형이 가능해 팔찌 형태로 양 손목에 차는 것들이었다.

스르르르.

마법기를 보관하고 있는 기둥들이 아래로 내려가고 난 뒤 기사와 마법사들은 안에 들어 있는 팔찌들을 손목에 찼다.

손부터 팔꿈치 아래까지 감싸는 형태의 팔찌들은 모두 한 쌍이었다. 세밀하게 100여 개의 마법진들이 새겨져 있는데 한눈에 보기에도 심상치 않아 보였다.

'다행히 숫자가 맞는군.'

요한을 비롯해 모두가 같은 형태를 선택했는데 다행스럽게도 부족하지 않았다.

"지금 선택한 것들과 상성이 맞는 무기들도 선택하게 하시면 됩니다."

"그렇다는군."

착용을 모두 끝내자 에스미아가 말했다. 내가 고개를 끄덕이며 수긍하자 다들 무기를 찾기 시작했다. 이번에도 자신을 이끄는 부름에 따라 무기를 선택했다.

냉병기의 전시장을 방불케 할 정도로 선택한 무기의 종류는 다양했다. 특히나 마법사들은 스태프가 아닌 무기를 선택 했는데, 둔기 계열이라는 것이 조금 특이했다.

'에고를 활성화하고 슈트를 착용한 뒤 무기를 들면 개마무사나 다름없군.'

요한을 비롯해 크리머 백작령의 전력은 가지고 있는 권능으로 인해 나와 영혼으로 연결이 되어 있다고 해도 과언이 아니다.

권능이 펼쳐지면 에고를 가진 지능형 골렘인 개마무사와 다를 바는 없는 상태가 되는 것이다. 개마무사와는 달리 권능이 적용되지 않을 때는 각자의 의지로 활동할 수 있다는 것만 다를 뿐이다.

— 의지를 불어넣어 에고를 초기화시킨 후에 마법기를 활성화시켜라.

— 예, 마스터.

요한을 비롯한 기사와 마법사들에게 의지를 보내자 각자 자신의 마법기에 장착된 에고를 새로 세팅했다.

'예상한 대로군.'

권능을 통해 인과율 시스템이 간섭하지 못하도록 한 터라 완벽하게 다시 세팅이 된 에고들이 각자의 주인과 연결되는 것이 느껴졌다.

영혼의 한 부분으로 자리 잡는 에고들을 느끼면서 권능을 드리웠다. 감각이 확장되면서 각자의 의지가 오롯이 느껴졌다.

'격을 갖춘 초월적인 존재들을 하나로 엮을 수 있다니 정말 사기적인 권능이다.'

새삼 내가 가진 권능의 힘을 느낄 수 있었다.

거의 신에 필적할 만한 존재들을 권능을 이용해 하나로 엮어 제어할 수 있는 것은 창조주만이 할 수 있는 일이었으니 말이다.

— 마법기와 무구들을 활성화시켜라.

— 예, 마스터.

요한을 비롯해 그의 수하들이 일제히 슈트를 활성화시켰다.

차르르르르!

작은 소음과 함께 어느새 전신 갑옷이 전신을 감싸고 각자의 손에는 무구들이 들려 있었다.

엘프들 또한 마찬가지였다. 비슷한 형태의 전신 갑옷을 입기는 했지만 무기들은 모두가 건틀릿이었다.

'상당하군.'

엘프들이 착용한 건틀릿에서 심상치 않은 기운을 느꼈다. 요한과 그의 수하들이 선택한 무기들이 형태가 고정된 것들이라면, 엘프들의 건틀릿은 조금 달랐다.

건틀릿에 소환 마법진이 새겨져 있었는데 그것을 통해 각자의 무기를 소환하는 형태였다.

건틀릿 자체도 다른 무기들에 비해 손색이 없을 정도로 대단한 것들이었는데 소환되는 무기들이 어느 정도일지 짐작조차 되지 않았다.

― *준비가 끝난 것 같으니 곧바로 이동한다.*

― *예, 마스터.*

프리온으로 떠날 때였다.

동시에 들려오는 의지를 느끼며 왜곡장이 펼쳐져 있는 마법 창고에 공간을 열었다.

팟!

그렇게 모두가 공간 이동을 했다.

창조주가 버리고 간 대차원의 세상들을 힘겹게 관리하며 절대의 존재들을 탄생시킨 존재는 깊은 고뇌에 빠졌다.

오랜 세월동안 공을 들여 어렵게 브리턴으로 통하는 통로를 뚫었던 그로서는 도무지 이해할 수 없는 현상들 때문이었다.

"어째서지?"

브리턴을 가득 채우고 있는 변형된 에테르인 마나가 변하고 있었다. 어디서 유입되고 있는지 모를 종류를 알 수 없는 에너지로 인해서다.

아무리 살펴봐도 알 수 없는 현상이었다.

미지의 에너지로 인해 카오스가 뒤틀리고 어디론가 빨려나가 빠르게 손실되고 있는 중이다. 이대로 가다가는 어렵게 연통로가 닫힐 판이었기에 존재는 손을 쓸 수밖에 없었다.

"일단 프리온으로 유입되고 있는 미지의 에너지들을 전부 차단해야겠군."

두 세계를 연결시키는 통로는 뚫었지만 융합의 단계는 이제 시작이었다. 유입되는 미지의 에너지를 차단하려면 융합을 중단해야 하지만 어쩔 수 없는 선택이었다.

생각이 일자 카오스가 반응했다. 의지를 새긴 융합에너지 또한 연쇄적으로 움직였다.

스카이 스크래퍼에 중심에 위치한 프리온이 장막에 휩싸여 있었다. 융합한 마나와 카오스 에너지가 장막을 형성하고 덧씌워진 덕에 가장 외곽에 쳐 있는 기존의 결계가 강화됐다.

외계와 연결된 통로에서 카오스를 진하게 흘러나와 결계 안쪽으로 몇 겹으로 장막이 쳐지자 미지의 에너지를 겨우 차단할 수 있었다.

자신의 의지로 조절해 온 브리턴의 마나가 이상 현상을 일으킨 후 처음으로 프리온에 안정이 찾아오자 외계의 존재는 안도할 수 있었다.

'그동안 준비해 온 것들을 전부 소진해 버렸지만 그나마 다행이다.'

미지의 에너지가 유입되는 것을 차단하면서 카오스가 외부로 흘러나가 브리턴을 채우도록 했다. 의지를 새기지 않았지만 상관은 없었다. 미지의 에너지를 처리할 방법을 찾은 후라면 의지를 새기는 일은 간단한 일이었기 때문이다.

"뭐지? 으음, 절대 있을 수 없는 일인데……."

미지의 에너지에 대해 고민을 하려는 순간, 브리턴과 연결을 시켜두었던 의지의 끈 하나가 완전히 차단이 되었다.

브리턴에 다른 세계를 유지하는 존재들의 손길이 닿은 것을 인식하고 안배한 것이었는데 뜻밖이었다.

— 부름에 답해라.

의지를 투영했지만 답이 들리지 않았다. 센트 싸인에 안배한 것은 카오스 근원 중 하나인데 전혀 인식되지 않았다.

"뭔가 변화가 있다는 것인데……."

상황이 심각하다는 것을 느끼자 외계의 존재는 우회로를 통해 인과율 시스템에 접속했다. 통로를 뚫은 후 지구에서 말하는 좀비 PC처럼 장악한 터라 인과율 시스템에서 정보를 얻을 수 있을 것이라 생각했지만 허사였다.

"으음……."

미지의 에너지와 같이 방금 전에 일어난 현상에 대해 인과율 시스템에 기록이 되어 있는 정보는 아무것도 없었다.

"위험하지만 어쩔 수 없다."

급한 마음에 모든 정보를 인식해 보기로 했다. 존재의 격에 타격을 주는 것이라 미지의 에너지가 나타나 프리온을 잠식할 때도 쓰지 않았지만 이번에는 어쩔 수 없었다. 위험을 그냥 놔두었다가 문제가 생길 것 같다는 예감 때문이었다.

쏴—아아!

"크으."

인과율 시스템에 새겨진 정보들이 한꺼번에 들어오자 외계의 존재가 인상을 찌푸렸다.

인과율 시스템에 새겨진 정보는 그 자체만으로도 존재의 격에 준하는 의지의 힘을 품는다. 우회로를 통해 정보를 인식하지만 격과 격의 충돌을 피할 수 없었기 때문이다.

정신체의 형태로 존재하고 있음에도 세계를 주관하는 존재의 격이 주는 영향으로 인해 타격을 받을 수밖에 없는 것이다.

세계를 관장하는 정보를 모두 인식하고 난 뒤, 변화가 생겼다는 것을 알 수 있었다. 다른 세계의 존재들이 장악한 곳에서 이상이 발생한 것이다.

"예상한 것보다 타격이 크군. 하지만 성과는 있었다. 크리머 백작령은 시간의 흐름이 정지됐었는데 다시 흐르기 시작했군. 엘리멘탈들의 가호를 받는 곳이었는데 시간의 흐름이 변했다면 다시 움직이기 시작한 것인가?"

브리턴이나 지구의 에테르는 복합적인 속성을 가지고 있지만 다른 세계는 달랐다.

세계별로 순수한 하나의 속성을 유지하고 있는데, 시간이 다시 흐르기 시작한 곳에서 지극히 순수한 에너지를 느낄 수 있었다.

"프리온으로 유입되었던 미지의 에너지는 속성들이 융합한 것일 가능성이 크군. 후후후, 기회가 다시 찾아온 건가? 이번 에야 말로 절대 놓치지 말아야 한다."

순수한 속성을 지닌 근원의 존재들!

모든 엘리멘탈들의 근원이라 할 수 있는 존재들이 나타났기에 흥분이 되지 않을 수 없었다.

세계를 유지하는 창조주의 가장 큰 안배가 순수한 속성을 지닌 존재들이다. 외계가 대차원에 주는 충격을 제어하기 만들어진 존재들인 만큼 강력한 권능을 가지고 있지만 그다지 어려운 상대도 아니었다.

지구나 브리턴의 에너지처럼 복잡하지 않기에 흡수하는 데 그다지 힘이 들지도 않기 때문이다.

자신이 흡수할 수만 있다면 카오스를 벗어나 상위의 존재인 창조주로 거듭나는 것은 일도 아니었기에 외계의 존재는 빠르게 움직이기 시작했다.

외계의 존재는 곧바로 자신의 의지를 누군가에게 보냈다.

— 기회가 왔다!

— 그들이 움직이기 시작한 것입니까?

— 그래. 세상이 이제 완벽하게 돌아가기 시작했다, 바라스.

— 의외로군요. 조금 더 지켜볼 줄 알았는데.

― 뭔가 그들을 움직일 만한 변화가 생긴 것이겠지.

― 그들이 예비한 존재가 나타난 것이거나, 우리를 제어할 수단을 찾은 것이겠군요.

― 전자일 가능성이 클 것이다. 나 카오스는 제어할 수 없는 혼돈 그 자체니까.

― 그렇군요. 하지만 우리가 한 번 실패했는데 다시 움직이는 것을 보면 자신이 있다는 소리이니 조심해야 되지 않겠습니까? 카오스!

세계가 변화하는 것을 이미 인지하고 있던 바라스는 무척이나 조심스러워 보였다.

― 후후후, 조심이라……. 엘리멘탈들이 준비한 것이 무엇인지 모르지만 나에게 소용이 있을까? 너도 빌어먹을 금제를 끊어야 할 텐데 이런 기회가 다시 올 수 있을지 모르겠군.

― 그렇군요. 그들이 준비한 존재가 누구인지 모르지만 이런 기회가 다시 온다는 보장이 없으니 움직이기로 하지요.

스스로를 카오스라 칭한 외계의 존재의 사념에 바라스가 수긍을 했다.

엘리멘탈의 근원이라고 할 수 있는 존재를 흡수하려 시도를 했었지만 한 번 실패를 했었기에 카오스의 말대로 기회가 언제 올지 불투명했기 때문이다.

― 기다리마.

― 곧 뵙지요.

대화를 끝낸 카오스의 정신체가 몸집을 불리기 시작했다.

"프리온은 지금부터 거대한 함정으로 바뀌게 될 것이다. 절대 빠져나갈 수 없는……."

세계를 안정시키는 사명을 가진 엘리멘탈들이 올 곳은 뻔했다. 카오스는 자신이 친 프리온의 장막 사이로 혼돈이라는 거대한 함정을 준비하기 시작했다.

공간 이동을 통해 프리온 안으로 진입했다. 중간에 여러 개의 결계가 있었지만 문제가 되지는 않았다.

'지구보다 시간이 흐름이 빨라서 그런지 많이 달라졌군.'

전에 왔을 때보다 많이 달라진 프리온은 거대한 미래 도시를 연상시키는 모습이다.

— 마스터, 결계가 여러 개 중첩되어 펼쳐져 있습니다.

— 알고 있다.

요한의 말처럼 결계만 쳐진 것이 아니다. 중간 중간에 펼쳐져 있는 막대한 역장을 보면 이미 침입에 준비가 되어 있는 것 같다.

'뭔가 함정을 준비했다고 해도 달라진 것은 없을 테니까.'

카오스로 이루어진 거대한 결계야 마음만 먹으면 해체할 수 있으니 걱정할 것 없다.

결계의 중간 중간에 도사리고 있는 역장은 조금 문제가 될수도 있어 도착하자마자 로직을 꿰뚫어 조치를 취한 상태니말이다.

'후후후, 발동하는 순간 재미있는 일이 일어날 것이다.'

함정이 발동하면 에테르와 카오스가 융합하도록 조치를 취했으니 외계의 존재가 놀랄 일이 벌어질 것이다.

— 그나저나 대단하군요. 저런 건물들이라니……

— 그래, 전부 에고로 관리되는 것들이니 조심해야 할 거다.

— 그렇군요.

요한에게 경고를 했다. 요한이 가진 권능으로 인해 기사들과 마법사들에게 모두 전달이 되었는지 다들 긴장하는 눈빛이다.

'그나저나 존재감이 느껴지지 않는군.'

생명체가 있다는 것은 확실한데 전에 이곳을 관리하던 잔들의 존재감이 느껴지지 않는다.

'하긴 놈들이라고 변하지 말라는 법은 없지.'

이런 경우는 하나뿐이다.

인과율을 비껴낼 정도로 격이 상승한 존재만이 자신을 완벽히 감출 수 있다. 프리온에 숨겨져 있는 함정들보다 위험한 것같으니 조심해야 한다.

놀랍도록 변모한 프리온만큼 이곳에 있던 자들도 변화가 있었을 것이다. 외계의 존재가 그냥 놔두고 있지는 않았을 테니까 말이다.

─ 다크 엘프들과 수인들이 이곳을 관리했었는데 보이지 않는 것을 보니 조심하도록 주의를 줘라.

─ 초월자들입니까?

─ 그럴 확률이 높다.

내 생각은 곧바로 전달이 됐고, 다들 자신의 슈트를 가동시켰다.

'나타났군.'

사념을 전하기 무섭게 검은색의 슈트형 마법기를 장착한 자들이 나타났다.

─ 다들 이곳에 펼쳐진 함정은 걱정하지 말고 놈들을 상대해라. 하지만 카오스를 원천으로 쓰는 놈들인 만큼 만만치 않을 테니 방심은 금물이다.

요한에게 전해 기사들에게 전달되는 것이 늦을 것 같아 직접 사념을 보냈다.

파파파파팟!

튀어나가듯 기사들이 움직였다. 워낙 빠르게 이동한 탓에 잔상조차 보이지 않았다.

마법사들은 나를 중심으로 뭉치더니 배리어를 치고 사방을 경계했다.

화르르르르!

어느새 캐스팅을 끝냈는지 양손에 불타오르는 화염의 구체를 들고 있는 마법사들의 모습이 제법 인상적이다.

'8클래스에 달하는 헬파이어를 응축해 양손에 들고 있는데도 숨결 하나 흐트러지지 않고 아무렇지 않은 것을 보면 각성이 완벽하게 이루어진 것 같군.'

선조로부터 전해져 내려오는 유전자 자체가 다른 탓인지 마법사들은 완벽한 진용을 구축하고 있었다.

콰콰콰콰쾅!

소리보다 빠르게 격돌이 일어난 탓에 폭음이 이제야 들린다. 공간을 점유하며 소리보다 빠르게 이동하며 서로 공방을 주고받는 탓이었다.

콰―콰쾅!!

폭음은 계속해서 들려왔다.

'대단하군.'

요한을 비롯한 기사들을 전부 인식하고 있는 중이다. 보는 것이 아니라 실시간으로 느끼며 위치를 파악하고 격전을 인지하는 탓에 내 의지를 벗어나는 이들은 없었다.

하지만 하나 같이 만만치 않았다. 요한도 그렇고 쉽게 승기를 잡는 이가 없었다.

'어디에 숨은 거냐?'

쉽게 질 것 같지 않기에 외계의 존재를 찾기 위해 의지를 드리웠다. 프리온 자체를 내 공간으로 만들며 장악했다.

'놈도 똑같은 건가?'

헬파이어를 구동시킬 준비를 마친 마법사들의 중앙에서 보호받고 있는 것 같아 보이지만 저것은 허상이다.

외계의 존재 또한 마찬가지인 것 같다. 외계의 존재는 프리온 전체에 자신의 의지를 드리우고 본체를 숨긴 것이 분명하다.

'이 와중에도 외계로 통하는 통로를 넓히고 카오스를 불러들이는 것을 보면 놈은 지금 완벽한 상태가 아니다. 인과율 시스템에 접근했던 모양이군.'

지구와 마찬가지로 브리턴의 인과율 시스템은 이제 완전해진 상태다.

지구의 것과 쌍을 이루는 것이라서 내가 직접 손을 대지 않았음에도 말이다.

놈이 세계의 변화를 파악하고자 인과율 시스템의 정보에 손을 댔다면 타격을 받았을 것이다.

창조주에 근접한 존재라 인과율의 적용을 받지 않는다고는 하지만 그러기 위해서는 막대한 권능의 힘이 필요하니 말이다.

유입되는 카오스의 양이 점점 더 증가하고 있다.

자신의 근원이라고 할 수 있는 카오스를 끌어들이는 것을 보면 아직 완전하지 않다는 것이기에 한시라도 빨리 놈을 찾아야 한다.

인과율 시스템과 충돌한 뒤 일어난 충격을 받았다고 생각할 테지만 사실 그것은 놈을 찾기 위해 내가 준비한 안배다.

— *어디냐?*

강력한 의지를 실어 내가 준비한 안배를 불렀다.

인과율 시스템에 접속하는 순간 외계의 존재 속으로 흘러들어갔을 내 의지의 조각 하나를 말이다.

— *저기로군. 부서져라.*

의지를 일으켜 놈의 정신체가 있는 공간을 단번에 일그러트렸다. 주변에 가득한 카오스가 한 점으로 응축되더니 그대로 소멸했다.

'미꾸라지 같이 빠져나갔군.'

그 어떤 의지도 느껴지지 않았다. 에너지만 소멸시킨 것뿐이었다.

'이대로 놈이 준비한 함정을 발동시키도록 놔둘까? 요한과 그의 수하들이 위험해질 수도 있으니……'

놈이 함정을 발동하기 전에 내가 먼저 손을 쓰기로 했다. 놈도 카오스에 의지를 새길 수 있지만 나 또한 가능하니 말이다.

— *하나가 되어라.*

우르르르르!

프리온 전체가 지진이 나듯 떨렸다. 공간 안에 가득 찬 카오스가 브리턴의 에테르인 마나와 결합해 벌어지는 형상이다.

'거기구나.'

외계의 존재가 프리온을 빠져나가려 한다는 것이 느껴졌지만 이미 늦은 상태다.

'이미 늦었다.'

자신이 준비한 함정이 프리온 전체를 옭아매는 그물이 되었을 줄은 몰랐을 것이다.

'으음, 이런 존재였나?'

이번에는 외계의 존재를 확실하게 인지했다. 놈은 카오스로 이루어진 고도의 정신체였다.

본래부터 존재를 유지하는 육체를 가지지 못한 채 에너지와 의식의 결합으로만 이루어진 그런 존재였다.

정신체라는 것을 느끼는 순간 놈의 정체에 대해 확신할 수 있었다. 외계의 대차원을 만든 창조주의 사념이 카오스에 투영되어 탄생한 존재가 분명했다.

'내가 느낀 것이 확실하다면 방법은 그것밖에는 없다.'

균형을 잃은 사념이 혼돈의 에너지에 투영되어 만들어진 존재라면 위험하기 그지없었다. 심지에 불이 붙은 폭탄처럼 언제 터질지 모르는 존재였다.

끌어 모은 카오스 에너지를 폭주로 인해 한꺼번에 방출하게 된다면 브리턴은 물론 대차원까지 붕괴될 수 있었다.

브리턴과 대차원에 피해를 주지 않으면서 놈을 제압할 수 있는 방법은 하나뿐이었다.

― 이 공간의 주인을 내 의식 안으로 이끌어라.

의지를 천명하자 프리온의 카오스가 일제히 내가 만든 의식의 공간으로 들어오기 시작했다.

'네놈은 아무리 발버둥을 쳐도 소용이 없을 것이다.'

미지의 정신체도 마찬가지로 의식의 공간으로 조금씩 끌려오고 있었다. 자신이 위험하다는 것을 느낀 것인지 끌려오지 않으려고 애를 쓰고 있는 것 같지만 소용없는 일이다.

카오스가 빨려 들어가는 곳은 내 의식이 만들어 낸 하나의 세계다. 카오스를 기반으로 설계되기는 했지만 정작 필요한 카오스는 전무한 그런 세계다.

새롭게 만들어진 의식 속의 세계 자체가 카오스를 원하니 정신체는 절대로 빠져나갈 수 없다.

예상대로 빠져나가지 못하고 새로운 세계로 빨려 들어가는 것이 느껴졌다.

외계의 존재가 카오스와 함께 빨려 들어가는 것을 확인한 후 요한을 불렀다.

— 요한!

— 네, 마스터!

— 내가 돌아올 때까지 이곳에서 기다리고 있어라. 통제가 풀린 외계의 존재들이 통로를 통해 이곳으로 넘어올 수 있으니.

— 무슨 말씀입니까?

— 경계하며 기다리다 보면 무슨 말인지 알게 될 것이다.

— 이자들은 어떻게 합니까?

— 상대하고 있는 자들을 죽이지는 마라. 모두 필요한 존재들이니.

— 쉽지 않은 일입니다.

우려를 드러내는 요한이었지만 걱정할 것은 없다. 아직 내가 만든 공간을 닫지 않아서 그렇지 닫히게 되면 쉽게 상대할 수 있었다.

— 내가 떠나고 나면 이곳을 장악한 존재와 저들과의 연결이 끊어져 버린다. 그럼 카오스를 사용할 수 없을 테고, 너희들이라면 저들을 손쉽게 제압할 수 있을 것이다.

— 알겠습니다.

— 서둘러야겠다. 명심해라. 저들이 문제가 아니라 통로를 통해 넘어오는 존재들이 문제다.

— 염려하지 마십시오. 소멸을 각오하고 막아내겠습니다.

— 믿겠다.

통로를 넘어오는 존재들은 요한과 그의 수하들에게 맡겨야 한다. 공간 안으로 빨려 들어간 존재를 처리하는 제일 시급한 문제이니 말이다.

놈이 내가 만들어 놓은 의식 공간을 장악해 골치 아픈 일이 벌어지기 전에 안으로 들어가야만 하는 것이다.

곧바로 안으로 들어간 후 공간을 닫았다.

'예상을 한 대로군.'

요한의 권능과 연결이 끊어지는 것을 느끼며 세상과 완전히 단절되었다. 프리온을 장악한 존재도 권속들과 연결이 끊어진 것을 확인할 수 있었다.

제7장

7

젠이 만들었던 곳과 비슷하게 만들어 진 세계를 훑어봤다.

아직 인과율 시스템이 만들어지지 않아서인지 모든 것이 혼란스러웠다.

'아직 세계를 장악하지는 못했군. 하긴 존재를 지키기에 급했을 테니까.'

창조의 과정에 들어가면 가장 필요한 것이 에너지다.

세계를 의식하는 관념은 설계도와 촉매의 역할을 할 뿐이고, 모든 것이 에너지가 변환해 만들어진다.

세계가 형성되며 에너지를 필요로 하고 있지만, 정신체가 자신의 근간을 이루는 카오스를 내놓을 리 없기에 아직은 혼돈 속에 쌓여 있을 뿐이었다.

─ 이상한가?

─ 너는 어떤 존재지?

아직 모습을 드러내지 않았지만 의지를 퍼트리자 곧바로 사념이 들려왔다. 당황한 것이 역력한 대답이다.

─ 네가 지금 있는 세계를 창조한 존재라고 해두지.

─ 으음, 네가 창조주라도 된다는 말이냐?

─ 글쎄, 나도 나에 대해서는 아직 잘 모른다.

아직도 나에 대한 확신이 없기에 이렇게 대답을 해줄 수밖에 없었다.

─ 이상하군. 너는 에테르와 카오스를 동시에 가지고 있다. 어떻게 그럴 수가 있지? 그리고 이 세계는 또 뭐냐? 어떻게 카오스로 이런 세상을 만들 수 있는 거지? 이런 것은 대차원의 창조주라도 불가능한 일이다.

폭풍 같은 질문을 쏟아내는 정신체가 조금씩 자신의 모습을 드러냈다.

'아름답군.'

다크 엘프를 모티브로 형상화된 정신체의 모습은 무척이나 인상적이었다.

엘리멘탈들을 능가하는 아름다운 외모를 지니고 있는 여성체였기 때문이었다.

광폭한 기운이 내면에 흐르는 정신체를 바라보고 있자니 아찔한 기분이다.

아름다운 모습 속에 감춰진 파괴적인 기운이 섬뜩할 정도다.

"뭐가 궁금한 거지?"

싸우기에 앞서 대화를 나눠보는 것도 좋을 것 같아 물었다.

"바로 너다. 내 권능으로도 읽혀지지 않는 것들이 너무 많아서 혼란스럽다."

"나 같은 존재를 처음 보나?"

"창조주를 능가하는 뭔가가 있는 것처럼 보이는 존재는 처음이다. 네 의지는 한 번도 인지가 되지 않았는데 너는 어디서 나타난 거지?"

대답을 해야 할까 의구심이 들었지만 솔직한 대화를 원하는 것 같아 대답을 해주기로 했다.

"시간의 흐름을 역류하다 보니 이렇게 됐더군."

"으음. 시간의 흐름을 역류하다니……."

신음과 함께 흑요석보다 까만 눈동자가 나를 응시한다. 이해하기 어렵다는 반응이 선명하다.

"믿기지 않는 모양이군."

"시간의 흐름을 역류한다는 것은 창조주도 소멸을 각오하고 해야 하는 일이다. 아무리 네가 창조주를 넘어선 존재라 할지라도 그것은 불가능한 일이다.

신이라 할지라도 시간의 영향을 받는다.

그것은 대차원의 주인인 창조주도 마찬가지다.

시간이 조금 어그러질 수도 있기는 하지만 역류한다는 것은 존재 자체가 소멸될 수 있는 일이다.

"후후후, 이렇게 궁금한 것이 많은 것을 보니 아직은 견뎌낼 수 있나 보군."

"네가 만든 세계가 내 근원을 흡수하려 하는 것 말이냐?"

"그래."

"간신히 버티고 있을 뿐이다."

"그래도 대단하군. 쉽지 않을 텐데."

"네가 만든 함정은 나로서도 힘겨운 것이다."

"그런가?"

"네가 만든 함정은 나로서도 어쩔 수 없다. 네가 손을 쓰지 않아도 난 이세계로 녹아들 것이다. 세계를 움직이는 가장 밑바닥의 존재로서 말이다."

만만한 존재가 아니다. 그렇지만 내 의도를 정확히 파악하고 있다니 의외가 아닐 수 없다. 모를 줄 알았는데 말이다.

"한 가지 묻자."

"뭐지?"

"어떻게 이런 세계를 만들 수 있는 거지?"

"무슨 말이냐?"

"혼돈과 파괴의 에너지인 카오스로 어떻게 이런 완벽한 세계를 만들 수 있냐는 말이다."

"이 세계가 카오스로만 만들어진 것이라고 생각하나?"

"그럼 아니라는 것인가?"

"그래, 아니다. 이곳은 에테르와 카오스와 융합된 에너지로 만들어진 곳이다. 비록 카오스가 기반으로 쓰이게 만들어졌지만 말이야."

"네가 말한 것은 절대 불가능한 일이다. 그것은 대차원의 창조주들도 실패한 일이다."

"혼돈과 질서를 동시에 품기는 쉽지 않지만 그리 어려운 일도 아니다."

"너는 그 둘을 동시에 품었다는 말이냐?"

"품은 것은 물론이고 합치기까지 했지."

"노, 놀라운 일이로군. 인간의 몸으로 대차원의 창조주를 넘어서다니 말이야."

"이제 그만 해도 될 것 같은데."

"무, 무슨 소리냐?"

"나는 솔직하게 대답을 해주었는데 너는 그렇지 않은 것 같아서 하는 말이다."

"이해하지 못할 소리로군."

"내가 만든 세계를 이미 장악하지 않았나? 난 기다려줄 만큼 기다려준 것 같은데 말이야."

"알고 있었나?"

이외로 부정을 하지 않는다.

"카오스 자체가 된 존재가 만들어진 지 얼마 되지 않는 세상에 먹힌다는 것은 불가능한 일이었지, 아마?"

이곳으로 들어온 후 정신체가 세상을 장악하지 못했다고 생각한 것은 정확히 파악을 하지 못했기 때문이었다.

나에 대해 알기 위해 정신체가 이런 상황을 연출했을 뿐이라는 것을 대화를 나누는 동안 알게 되었다.

정신체는 이곳에 들어오는 순간 세계를 장악하고 자신의 의지대로 조율되는 인과율 시스템까지 만들었다.

다만 인과율 시스템을 휴면 상태로 놔두고 내 의식을 자신에게 집중하도록 만들었기에 처음 들어왔을 때 느끼지 못했을 뿐이었다.

"정말 알고 있었군."

"처음부터 알고 있었던 것은 아니었다. 네가 이 세계를 만든 것에 의문을 가지고 있다는 것을 느낀 후에 알 수 있게 되더군. 내 계획이 성공했다면 넌 이미 이 세계에 녹아들었을 테니까 말이야."

"그런가? 내가 너무 시간을 끌었나 보군. 하지만 이제 상관없다. 에테르와 나 카오스가 하나가 될 수 있다는 것을 알았으니 말이다."

창조주의 남겨진 사념이 정신체로 진화한 것도 놀라운 일인데 스스로를 카오스로 부르다니 흥미로운 일이다.

찌릿하다.

카오스가 만든 인과율 시스템이 작동한 탓이다.

세계를 유지하는 인과율이 투영되어 질서와 어긋나는 존재를 소멸시키려는 힘이 작용하니 행동에 제약이 생긴다.

우르르르르!

대지가 일어선다. 거대하기 그지없는 골렘이 놈에 의해 만들어진 탓이다. 엄청난 열기를 뿜어내던 놈의 몸에서 어느새 붉디붉은 화염을 뿜어낸다.

화르르르!

주먹이 뻗어지더니 화염 방사기처럼 용암 줄기가 덮쳐 온다.

파—팡!!

줄기줄기 나를 향해 쏟아지는 용암을 피해 놈에게 다가가 가슴을 손바닥으로 쳤다.

가장 강력한 에너지가 숨어 있어 핵이 있을 것이라고 생각했는데 아니었나 보다. 거대한 주먹이 찍어 누르듯 나를 향해 날아왔다.

콰쾅!

내가 있던 자리에 커다란 구멍이 생겼다. 주변은 시커멓게 그을려 있었는데, 한 대 맞으면 시체도 찾지 못할 정도로 위력이 강했다.

쩌—저저정!

연이어 골렘의 몸을 타격했지만 약간 부서졌다가 금방 회복이 된다.

'전신이 핵이로군.'

약간의 이지를 가진 핵이 부여된 속성의 물질을 끌어 모아 힘을 발휘하는 존재가 바로 골렘이다. 그래서 골렘의 약점은 핵이다.

그렇지만 이놈은 다르다. 전신이 핵으로 이루어져 있어 어디를 부시던 곧바로 회복하고 공격을 해온다.

— 저놈 정도로는 날 어쩔 수 없다는 것을 잘 알 텐데.

어느새 모습을 감춘 카오스를 향해 사념을 보냈다.

— 그럼 본격적으로 가보지.

스스스스스스!

화염이 넘실거리는 골렘이 순식간에 수십 기가 생성되었다. 화산 하나의 열기를 가득 품은 골렘들 수십 기가 나타나자 주변이 온통 들끓었다.

'자신이 가지고 있는 혼돈의 에너지까지는 아직 끌어 올리지 않았군. 하긴, 근원이라고 할 수 있는 것인데 쉽게 끌어내지는 못하겠지. 어디, 그럼!'

아직 놈의 권능이 발휘된 것은 아니다. 인과율 시스템을 이용해 세계가 관여할 수 있는 정도의 힘만 끌어낸 상태다.

카오스가 가진 혼돈의 힘을 더 끌어내기 위해서는 한 판 제대로 놀아줄 필요가 있을 것 같다.

— 소환!

아공간에서 개마무사들을 소환했다. 화염의 골렘부터 덩치에서 상당한 차이가 난다. 마주 선 모습을 보니 초라할 지경이다.

'싸움이 덩치만 가지고 하는 것은 아니니까.'

전신이 핵으로 이우러진 골렘이라고는 하지만 에고가 완전한 것은 아니다. 인과율 시스템으로 인해 카오스가 자신의 진짜 의지를 불어넣지 못하기 때문이다.

콰콰콰콰콰쾅!

개마무사와 골렘의 격전이 시작됐다. 몸집의 크기가 십 분의 일 밖에 되지 않지만 개마무사들은 용암 줄기와 주먹을 피한 후 연이어 골렘들을 공격해 댔다.

퍼석!

콰지지직!

전신이 핵이라 금방 회복이 되고 있기는 하지만 매에는 장사가 없다. 골렘 하나당 세 기의 개마무사들이 연이어 공격을 하는 터라 부서지는 속도는 상당히 빨랐고, 회복은 점점 느려지기 시작했다.

그리고 마침내.

골렘들이 돌조각으로 변해 버렸다. 카오스가 부여한 의지와 에너지가 모두 소진된 탓이었다.

─ 내가 만든 골렘들을 그런 식으로 처리하다니 대단하군.

─ 후후후, 그냥 전초전이었을 뿐이니까. 이제 본격적으로 시작을 해야 할 것 같은데.

─ 그래야 할 것 같군. 네가 인과율 시스템에 관여하기 시작한 것 같으니.

카오스의 말이 맞다. 개마무사와 골렘들의 전투가 시작하자 마자 인과율 시스템에 손을 댔다. 개방성을 더 늘려 카오스 에 너지를 더욱 빨리 받아들이도록 했다.

잠시 뒤에 검은 실루엣의 환영이 생겨났다. 이마에 세 개의 뿔이 달리고 검으로 만들어진 양손이 달려 있는 괴물 같은 존재 였다.

'인과율을 무시하고 자신의 근원을 끌어내기 시작했군.'

환영의 수는 하나가 아니다.

나를 포위하듯 나타난 환영의 숫자는 모두 열둘!

진짜 전투가 시작되었다.

'공간을 폐쇄했군.'

도망갈 생각은 전혀 없는데 검은색의 환영들은 나를 포위하 더니 이내 공간을 폐쇄했다.

갇혀 있는 상대가 가지고 있는 에너지를 교란하고 폭주시키 는 강력한 사념을 뿜어내며 말이다.

'좀 걸리적거리는군.'

카오스가 만든 인과율이 점점 더 많이 투영되기 시작했다. 이 세계를 창조한 이물질로 여기는 인과율이 적용된 탓에 강한 압 박이 가해진다.

개마무사와 나에게 융합 에너지를 덧씌웠다. 외부뿐만 아니 라 내부까지 덧씌우자 인과율이 빗겨가기 시작했다.

― 흥미롭군. 인과율을 그런 식으로 털어 내다니 말이야. 하

지만 네 눈앞에 나타난 존재들은 그것만으로 어떻게 할 수 있는 이들이 아니다.

개마무사들에게 투영되고 있는 인과율의 적용은 배제했지만 끝난 것이 아니다. 검은색의 환영들이 일종의 데미 갓이기 때문이다.

신족급의 권능을 발휘하는 존재들이 개마무사들을 노리고 있다. 내가 심어 놓은 의지를 알아차렸기 때문에 카오스가 자신의 의지를 실은 존재들을 만들어낸 것이다.

개마무사 정도는 단번에 소멸시킬 정도로 강력한 존재를 만들어 냈다. 세계와 더욱 깊숙하게 얽히지 않으면 만들어 낼 수 없는 존재다.

'후후후, 그래도 상관은 없지. 이 세계에 투영되는 것은 인과율 뿐만이 아니니까.'

세계를 기반으로 하는 권능의 존재를 만들어 낸 탓에 인과율 시스템에 대한 관여도 높아졌다. 카오스라 불리는 존재가 이 세계에 관여하면 할수록 나로서는 좋은 일이다.

모든 세계는 에너지를 기반으로 한다. 인과율 시스템도 세계를 이루는 근원의 에너지를 이용한다. 외계의 창조주가 대차원을 만들고도 어쩌지 못하는 것은 바로 이 에너지 때문이다.

세계가 막 만들어졌을 때 에너지는 평형 상태다. 그러나 세계가 활동하기 시작하면 에너지의 무게 추는 창조주가 아닌 세계로 기울게 된다.

한 번 돌아가기 시작한 대차원은 특성상 계속해서 에너지를 순환시키게 된다. 창조주가 그 중심이 되기는 하지만 세계로 퍼져 나가 순환의 끝에 다시 돌아오기까지 엄청난 시간의 흐름이 필요하다.

계속해서 빨려나가는 탓에 순환이 반환점을 돌 때까지 세계 쪽의 에너지가 더욱 커질 수밖에 없기에 끌려갈 수밖에 없다. 중단하는 순간 자신의 존재 자체를 부정하는 것이니 말이다.

카오스는 자신의 근원이 되는 에너지를 너무 일찍 사용해 세계를 움직였다.

카오스의 의지가 직접 관여하기 시작한 이상, 이제는 이 세계에서 발을 뺄 수가 없다.

'순환을 더욱 가속화시키면 끝나는 게임이다.'

반신급의 존재들이 뿜어내는 에너지의 파장은 상당하다.

자신의 의지대로 쓸 수 있는 권능이 담겨 있어 인과율을 직접 건드리기 때문이다.

더욱 성장시킨다면 이 세계의 카오스가 가진 에너지를 순환시키는 것을 더욱 가속화시킬 수 있을 것이다.

파파파파팟!

카오스가 개마무사에 집중하는 잠깐의 시간동안 내가 직접 움직여 열두 개의 환영에 의지를 심었다.

— 뭐냐?

갑작스럽게 내가 움직인 탓인지 카오스가 사념을 보내온다.

공격한 것이 아니라 권능의 힘을 더한 때문이다.

― 이제 뭔가 눈치를 채야 정상인데. 후후후, 아직까지인가?

― 뭐라고 하는 거냐?

― 형상화된 모습은 다크 엘프의 여성체인데 입이 거칠군.

― 후후후, 여성체라. 재미있군. 혼돈의 존재를 여성체라고 부르다니 말이야.

모습만 여성체이고 성별은 없는 존재라는 뜻 같다. 하긴 혼돈의 존재이니 정해진 성이 있을 리는 없는데 내가 조금 오버한 것 같다.

― 그나저나 네놈이 무슨 짓을 하는지 모르겠지만 그런다고 해서 상황이 달라지지는 않는다.

― 여전히 알아차리지 못했군. 네가 속한 대차원이 어째서 혼돈으로 빠져들었는지 말이야.

― 창조주가 도망을 친 것 때문에 그렇게 된 것이 아니라는 말이냐?

― 네 말이 맞기는 하지만 역시나 근본적인 원인을 알지 못하는 것 같군.

― 근본적인 원인?

― 대차원의 창조주는 희생하는 존재다. 무한에 가까운 희생을 통해 대차원에 생명력을 불어넣고, 본래의 자리로 되돌아가는 그런 존재지. 네가 속한 세계를 창조한 이는 이것을 알지 못했기에 실패한 것이다.

— 모를 소리로군.

— 이 세계에 직접적으로 관여를 하기 시작했으니 너 또한 그들과 같은 길을 걷기 시작했다. 실패를 맛보지 않으려면 한 가지를 명심해 둬라. 모든 것을 비워야만 다시 돌아온다는 것을 말이다.

경고는 해두었다. 이제 카오스를 끌어들이기만 하면 된다. 대차원이라는 거대한 함정에 빠진 카오스를 말이다.

— 세상이 의지에 따라 생겨났다.

카오스의 권능이 담긴 환영들에게 인식된 언령을 담아 의지를 발동시켰다.

— 뭐, 뭐냐?

— 후후후, 네 의지의 진짜 주인이 실패했던 대차원의 창조가 시작된 것이다. 이번에는 네가 주인공이니 잘 해봐라. 그리고 내가 조금 전에 해주었던 말을 잘 기억하고.

카오스의 근간을 이루는 에너지가 흩어진다.

혼돈의 에너지가 기반이 된 세계를 넘어 연이어 만들어지기 시작하는 연결된 세상을 향해서다.

이제 카오스는 시작되는 대차원의 주인이 되었다.

내가 해준 말의 진의를 깨닫는다면 진정한 창조주로 거듭날 수 있을 것이다. 그렇지 않으면 또 다른 외계를 만들어내는 존재가 될 것이다.

'그래도 문제는 없을 것이다. 내가 만들어낸 대차원의 세계

이기에 한 번에 소멸을 시킬 수 있을 테니까.'

일그러진 세계가 되면 인과율의 간섭은 없다고 봐야 한다. 세계의 기반을 만든 것이 나이기에 인과율이 간섭이 없다면 해체하는 것은 아무것도 아니다.

카오스는 아주 빠르게 세상 속에 녹아들었다. 내가 속한 대차원의 창조주 또한 이런 식으로 연결된 세상에 녹아들었기에 사라졌다고 느껴지는 것이다.

언젠가 에너지의 순환이 반환점을 돌 때 대차원의 창조주는 다시 나타날 것이다. 창조주는 새로운 단계로 진화해 있을 것이다. 근원에 더욱 다가선 존재로 말이다.

"후우, 이제 준비는 끝난 것인가?"

아직 완전히 끝난 것은 아니지만 외계로 통하는 통로 두 개를 얻었다. 샴발라에 있는 것만 해결한다면 모든 통로를 닫고 대차원을 안정시킬 수 있을 것 같다.

"헉!"

마스터의 의지가 전해지기 무섭게 실이 끊어진 인형처럼 무너져 내리는 상대를 보며 요한은 헛바람을 삼켰다. 자신의 검이 이미 상대의 심장을 향해 뻗어지고 있었기 때문이었다.

하지만 마스터와 권능을 통해 이어진 탓에 요한은 즉각적으로 반응을 했다. 검을 공간 너머로 이동시키고, 쓰러지는 상대를 받아들었다.

— 다들 마스터의 본체를 호위해라.

네트워크를 통해 마스터가 프리온 전역을 지배하는 존재를 상대하기 위해 공간을 조성했다는 것을 알아차린 요한이 곧바로 명령을 내렸다.

자신이 상대했던 자들이 쓰러지자 기사들이 요한의 명령에 따라 곧장 마법사들에게로 달려갔다. 순식간에 도착한 그들은 완전무장한 채 사방을 경계했다.

겹쳐진 권능들이 모든 것을 차단했다. 에너지는 물론이고, 공기마저도 완전히 차단한 채 200여 명이 넘는 초월자들이 삼엄하게 경계를 서는 모습은 정말이지 장관이 아닐 수 없었다.

— 다들 집중해라. 마스터께서 당부한 것을 절대 잊지 말도록 해라.

프리온으로 넘어오며 외계의 존재가 황가와 연계했다는 정보를 들은 터였다.

특히 자신의 자손을 숙주 삼아 오랜 세월이 이어가고 있는 황제가 직접 움직일 수도 있기에 다들 긴장을 늦추지 않았다. 황제에 대한 대비는 하고 있지만 변수가 생길 수도 있는 상황이었기 때문이다.

— 왔다.

프리온을 둘러싸고 있는 결계가 흔들리는 것을 느낀 요한이 경고를 보냈다.

차훈을 지키고 있는 기사들과 마법사들이 경계의 눈빛을 보내는 전면에 누군가 공간을 넘어 나타났다. 브리턴 황가의 숨어 있는 실세인 바라스였다.

'재미있군.'

바라스는 눈앞에 있는 크리머 백작령의 전력을 보며 흥미로운 눈빛을 발했다.

"크리머가 크리스의 후신인가?"

"그렇게 됐소."

"멸족한 줄 알았는데 이렇게 건재하다니 놀랍군."

"당신도 그런 것 같소. 이제는 빌어먹을 금제를 끊은 것 같으니."

"나야 도움을 받았지만 너희들은 어떻게 금제를 끊어낸 것인지 궁금하군. 말해줄 수 있겠나?"

바라스는 자신의 궁금증을 숨기지 않고 단도직입적으로 요한에게 물었다.

외계의 카오스로부터 도움을 받고 금제를 우회하는 방법으로 지구와의 연결을 끊었던 바라스였다.

자신과는 다른 방법으로 금제를 해소한 것이 분명하기에 궁금하지 않을 수 없었던 것이다.

"우리 또한 도움을 받았을 뿐이오."

'역시, 그들인가?'

오랜 세월 동안 연구한 바로는 금제를 끊어낼 방법은 두 가지밖에는 없었다.

근원 속성을 얻거나, 혼돈의 힘을 얻어 창조주에 버금가는 격을 가진 존재가 될 때만 금제를 끊어낼 수 있었다. 혼돈의 힘을 자신이 얻었다면 나머지를 얻은 것이 분명했다.

'난 혼돈을 이용해 우회를 택했지만 크리스가는 직접 없앤 것이 분명하다. 금제에서 완전히 해방되는 방법은 역시 속성의 근원인 엘리멘탈밖에는 없는 것이로군.'

금제에서 완전히 벗어난 것이 아니었다. 카오스가 없으면 지구의 존재들에게 휘둘릴 수밖에 없기에 바라스로서는 이번 기회를 놓치지 말아야 했다.

"엘리멘탈들은 어디에 있나?"

"알려줄 것 같나?"

"하긴 알려줄 수는 없겠지. 하지만 내 손아귀에서 벗어날 수는 없을 것이다."

현재 자신의 숙부인 베토스를 센트 싸인으로 보낸 상태다. 황실 마탑과 기사단의 마스터들은 물론이고, 외계의 존재들이 모두 센트 싸인 마탑으로 향했으니 엘리멘탈들이 벗어나는 일은 없을 터였다.

"당신의 의도대로 될지는 모르겠군."

"어느 정도 방비가 되어 있는 모양이군."

"우리도 그동안 놀고만 있지만 않았으니까."

"이제 승부를 볼 때인 것 같은데. 시작하지."

스르르릉!

센트 싸인에 이미 준비가 되어 있다는 요한의 말을 들으며 바라스는 자신의 검을 꺼냈다. 자신의 권능을 펼치기 위해 가장 적합한 수단이 바로 검이었기 때문이다.

검이 꺼내지는 순간, 프리온 전력이 바라스의 지배하에 들어가는 것을 느끼며 요한이 지시를 내렸다.

─ 브리턴가의 공간 참격이 어디까지 진화했을지 모르니 나 먼저 나선다. 너희들은 마스터의 본체를 호위하는데 집중해라.

─ 알겠습니다.

스르르릉!

요한은 비장한 심정으로 바라스를 노려보며 자신의 검을 꺼내 들었다.

'모든 것을 건다.'

브리턴으로 넘어온 후 인과율을 속이며 지금까지 살아온 존재였다.

검을 꺼내기만 했을 뿐인데 강력한 역장이 걸려있는 프리온을 단 번에 자신의 권역으로 삼을 정도면 목숨을 걸어야 했다.

번쩍!

강렬한 섬광이 요한의 검에서 발사됐다. 바라스를 향해 날아가는 섬광은 속성의 힘을 담고 있었다.

바라스는 자신을 향해 날아오는 광선을 보면서도 움직이지 않았다. 어느새 그의 전신을 둘러싼 검붉은 기운이 섬광을 상대했다.

콰콰콰쾅!!

의지가 이는 대로 힘이 발휘되고 있는 것을 느끼며 요한은 자신의 검을 역수로 쥐고는 바라스를 향해 쇄도했다.

"타앗!"

그럴 줄 알았다는 듯 바라스도 기합과 함께 검을 쥔 채로 마주 달려왔다.

콰─앙!!

검과 검이 부딪치자 폭음이 울리며 밟고 있던 대지가 푹 꺼졌다. 공간이 갈라지고 충격파가 프리온에 세워진 건물들에 몰아닥쳤지만 이상하게도 무너진 건물들은 하나도 없었다. 격돌의 순간에 마치 살아 있는 듯 건물들이 뒤로 물러난 것이었다.

차훈을 보호하고 있는 기사들과 마법사들이 모여 있는 곳도 마찬가지였다. 커다란 반구의 배리어가 생겨나더니 충격파를 막아내더니 공간 자체가 이동해 두 사람이 일으키는 파장을 벗어나 있었다.

어느새 두 사람만의 격전을 공간이 자연스럽게 만들어졌다.

내려앉은 대지 위에 검을 맞대고 있는 두 사람.

'만만치 않다.'

'대단하군.'

그저 가볍게 부딪친 것이었음에도 상당한 충격을 받은 두 사람은 서로에게 감춰진 힘을 인식했다.

'바라스가 이대로는 끝내지 않을 텐데 곤란하군.'

'이대로는 승부가 나지 않을 것이다. 빌어먹을!'

결판을 내기 위해서는 감춰진 권능의 힘을 사용해야 하지만 선뜻 꺼내기는 힘들었다. 인과율 시스템에 인식되지 않은 권능의 힘은 바이러스나 마찬가지기 때문이다.

가지고 있는 모든 권능을 모두 드러낼 경우 지금까지 비껴가고 있는 인과율에 그대로 노출되어 버린다.

불완전했던 인과율 시스템은 이제 완전해져 있었다. 인식되지 않은 권능의 존재가 드러나는 순간 브리턴이라는 세계를 조율하는 인과율 시스템이 그냥둘 리 없었다.

권능을 사용하는 존재의 격이 인과율의 집중적인 공격을 받기에 함부로 사용할 수가 없다. 권능이라는 것이 파격을 담은 힘이라고는 하지만 인과율 시스템의 용인이 없으면 한계가 있는 것이다.

그렇다고 이대로 계속 대치할 수도 없는 일이었다. 망설여지지 않을 수 없었지만 두 사람은 선택을 해야 했다.

'어차피 이번이 끝이다. 속성의 근원을 흡수하기만 한다면 인과율 시스템이야 무시할 수 있다.'

'마스터가 전해주는 대로니 이대로 간다.'

두 사람은 각자 생각한 대로 결정을 내렸다. 어떻게 해서든지 결착을 짓고 싶었다.

스르르르르!

서로 간의 힘을 가늠하듯 대치하는 두 존재의 등 뒤로 거대한 환영이 서렸다.

세 개의 뿔은 가진 검은 환영은 바라스의 뒤로, 칠색의 영롱한 광채를 뿌리는 환영은 요한의 뒤에 나타났다. 각자가 가지고 있는 권능이 형상화된 것이었다.

번쩍!!

콰르르르르!

막대한 존재감을 뿌리는 환영들이 두 사람과 마찬가지로 격돌을 했다.

콰—콰콰콰콰콰쾅!

대기가 터져나가고 공간이 갈라졌다.

상극의 에너지가 담긴 권능의 환영이 격돌하는 탓에 일어난 거대한 파장이 사방으로 퍼졌다.

출렁.

쩌—저저적!

견딜 수 없는 충격에 프리온에 쳐진 결계가 부서지기 시작했다. 스스로를 카오스라 부르는 존재가 있었다면 결계를 유지할 수도 있었지만, 차훈이 만든 새로운 공간으로 끌려 들어간 터라 그럴 수가 없었다.

콰지지직!

쏴—아아아아아!

마침내 카오스 에너지로 이루어진 장막과 결계가 부서지고 난 뒤 인과율이 프리온에 투영되기 시작했다.

"크윽."

인과율의 공격을 받기 시작하자 바라스의 입에서 신음이 흘러나왔다.

카오스 에너지가 흐트러지고 요한이 뿌리는 권능의 충격이 정신을 뒤흔들었기 때문이기도 하지만, 직접적인 원인은 존재의 격을 공격하기 시작한 인과율이었다.

'크으, 어째서 저놈은……'

자신의 권능과 맞섰는데도 불구하고 요한의 모습은 자신과 달랐다. 인과율의 공격으로 의지에 충격이 가해져 권능을 유지하기 힘든 자신과는 달리 요한은 안정적인 모습으로 자신을 공격하고 있었기 때문이다.

고통스러움보다는 의아함이 앞섰다.

다른 세계의 존재들의 도움을 받아 금제를 끊어내면서 이곳과는 맞지 않는 존재로 변해 버렸는데도 인과율의 적용을 받지 않다니 이상한 일이었다.

당황하는 바라스를 바라보는 요한의 입가에 비릿한 미소가 맺혔다.

'내가 뿌리고 있는 권능이 나 혼자만의 것이라고 생각한 것이 네놈의 실수다.'

엘리멘탈이 가지고 있는 모든 속성을 하나로 합쳤지만 단독으로 한 것이 아니었다. 마스터인 차훈으로 인해 가지게 된 권능도 함께 발휘했다.

휘하에 있는 기사와 마법사들이 각자 가진 속성의 권능을 발휘했고, 요한은 네트워크의 권능을 사용해 하나로 모았기에 인과율을 비껴 낼 수 있었던 것이다.

더불어 엘프들이 제작한 마법기와 무구들도 요한이 타격을 덜 받는데 일조했다. 속성을 띤 무구들로 이미 인과율 시스템에 인식이 되어 있어 인과율을 속일 수 있었던 것이다.

'이제 그만 끝내자.'

의지가 일자 권능의 집합체인 요한의 환영은 바라스가 만들어낸 혼돈의 환영을 빨아들였다.

카―앙!

휘익!

위기감을 느낀 바라스가 검을 휘둘렀다. 요한이 바라스의 검을 팅겨낸 후 자신의 검을 휘둘렀다.

콰―직!!

아다만티움으로 만들어진 검이 그대로 부러지며 바라스의 신형이 뒤로 날아갔다.

"커억!"

간신히 균형을 잡으며 땅에 내려선 바라스는 피를 토하며 무릎을 꿇었다. 동강 난 검으로 땅을 짚으며 일어서려는 바라스의 신형이 잘게 떨리고 있었다.

검으로 인한 타격은 얼마 없었다. 문제가 된 것은 권능의 힘으로 만들어진 환영이 준 정신적 타격이었다.

영혼까지 떨리게 할 정도로 강한 충격이 의식 깊숙한 곳까지 미쳤다. 더군다나 인과율이 투영되어 가지고 있던 카오스까지 흔들렸다.

자신이 이렇게 타격을 입었음에도 아무렇지 않은 듯 다가오는 요한을 바라보는 바라스의 시선이 떨렸다.

'크으, 어떻게…….'

인과율에 위배되는 권능의 힘을 사용했음에도 영향을 받지 않는 요한의 모습을 보면서 의문이 아닐 수 없었다.

창조주라면 가능할지 모르겠지만 지금 요한이 가진 격의 수준은 자신보다 한참 밑이었기에 의혹은 깊어만 갔다.

"후후후, 궁금한가 보군."

자신의 의혹을 안다는 요한의 말에 바라스가 눈을 치켜떴다.

"어떻게 인과율을 벗어날 수 있는 거지?"

"후후후, 너와는 달리 난 혼자가 아니니까."

"크윽, 그것이 무슨 소리냐?"

"굳이 알 필요가 있을까? 네가 그토록 갈망하던 것을 못하게 되었는데 말이야."

"……."

지구로 돌아가 자신을 이렇게 만든 존재들에게 복수를 하고 세계를 파멸시키는 것에 모든 것을 걸었던 바라스는 요한의 말을 이해할 수 없었다.

카오스가 유입되어 세상이 변하기 시작했다. 직접 복수하지는 못할지 모르지만 창조주라 할지라도 세계의 파멸을 막을 수는 없을 것이다.

복수는 물 건너갔지만 세계의 파멸은 이미 시작이 되었기 때문이었다.

"헛소리 하지 마라. 네가 지키고자 하는 세상은 이미 나락으로 떨어지고 있으니까."

"후후후, 역시 그렇군. 하탄을 이렇게 만든 것은 너였군. 하지만 마스터가 있는 이상 네놈의 계획은 망상으로 그칠 것이다."

"마스터?"

번쩍!

마스터라는 존재에 의문이 이는 것도 잠시, 바라스는 요한이 뿌린 권능의 힘에 섬광을 느낀 후 의식을 잃고 쓰러졌다.

"으음."

바라스가 바닥으로 쓰러지는 모습을 보고 있는 요한의 신형도 비틀거렸다. 충격을 받은 것은 바라스 혼자만이 아니었던 것이다.

오롯이 혼자 발휘한 권능이 아니었다. 수하들과 자신의 의식이 하나가 되어 권능이 발휘되었다. 하나로 합쳐지는 순간 권능을 제 위력을 발휘했고, 인과율 시스템은 이를 곧바로 인지

했다.

분산을 했다고는 하지만 인과율을 완전히 비껴 낼 수 없었기에 요한은 물론 그의 수하들도 충격을 받았던 것이다.

— 크으, 이제는 됐다.

내부가 진탕할 정도로 충격을 받아 입가로 피를 흘리고 있는 수하들에게 요한이 명령을 내렸다.

네트워크를 통해 하나가 되었던 의식이 풀렸다.

— 마스터가 위험할 수도 있으니 경계에 최선을 다해라.

요한의 명령으로 인해 의식의 결합이 느슨해지기는 했지만 경계를 허투루 하지 않았다.

프리온이라는 공간에는 외계와 연결된 통로가 있어 언제든지 위험한 존재가 건너올 수 있었기 때문이다.

제8장

8

카오스를 대차원을 유지하는 에너지로 끌어들인 영향 탓에 성공한 것이기는 하지만 요한이 생각보다 잘해준 것 같다.

신족을 넘어서 신급에 달한 바라스는 상대하기 쉽지 않은 존재다. 외계를 집어삼킨 창조주의 사념과 동등한 격을 가진 존재였으니.

'어디 한 번 살펴볼까.'

의식이 제압당한 채 쓰러져 있는 바라스에 집중했다. 외계 의 존재와 동등한 격을 가질 수 있었던 원인을 찾아야 하니까 말이다.

'으음, 수천 년을 존재하며 인과율 시스템을 대부분 카피해

놓고 있었다니 대단한 존재다.'

원인은 금방 밝혀졌다. 바라스는 브리턴을 주관하고 있는 인과율 시스템과 같은 시스템을 의식 속에 품고 있었다.

'운영할 수 있는 에너지가 없어 그저 품고만 있었기에 망정이지 만약 뜻대로 다룰 수 있었다면 내 계획을 물거품이 되었을지도 모르겠군. 어쩌면 카오스를 자신이 카피한 인과율 시스템의 에너지로 쓰려고 했는지도 모르겠어.'

카피를 하기는 했지만 운영하는 에너지 기반은 달랐다. 바라스가 만들어낸 새로운 인과율 시스템은 내가 카오스를 흡수시킨 세계와 같이 혼돈의 에너지를 이용하는 것이었다.

'지금은 불가능한 일이지만 지구에 존재하던 불완전한 인과율 시스템을 대체했다면 요한에게 말한 대로 대차원에 연결된 세계들을 멸망시키는 촉매가 됐을 것이다.'

배신의 상처를 복수와 세계를 파멸시키는 것으로 달래려고 했던 바라스의 그릇된 욕망이 두려울 정도였다.

'한계를 초월한 자의 집념이 세계를 소멸로 이끌 수 있다. 일단 바라스를 완전히 제압하고, 내가 세운 계획을 다시 점검해 볼 필요가 있다.'

내가 세운 계획은 다른 것이 아니다.

일반인들도 능력을 가지게 해 장막을 걷고 대차원을 벗어나 뻗어나가는 것이다.

생명이 있는 존재 모두가 대차원을 만들 수 있는 창조주로 성장하기 위한 씨앗을 틔우기를 염원하는 계획이다.

창조의 씨앗이 싹트고, 모두가 능력을 가진 세상이라면 나와 같은 경우는 거의 발생하지 않을 테니 말이다.

바라스의 권능을 제어할 수 있도록 그의 이식 속에 내 의지를 심었다.

'그리 어렵지 않구나. 세계를 만드는 것도 그렇고, 창조의 씨앗을 품은 이가 싹을 틔운 이후에는 신이라도 간섭하기 힘든 것이 법칙인데 내게는 이렇게 손쉽다니…….'

에테르와 카오스를 하나로 융합해 새로운 에너지의 근원을 손에 쥐었다고는 하지만 아주 손쉽게 바라스의 의식에 개입해 그의 권능을 손볼 수 있다는 사실이 의문이 아닐 수 없었다.

제일 큰 의문은 내가 세계를 한 번 만들었고, 이미 만들어진 세계에 관여를 했음에도 멀쩡하다는 것이다.

내가 만든 세계의 새로운 에너지 기반으로 녹아든 카오스의 경우처럼 세계를 만들어나가는 과정에 참여하게 되면 창조주라도 빠져나올 수 없다.

에너지의 순환이 반환점을 돌 때까지는 어떤 경우에도 같이 가야 한다. 반환점을 지나서야 창조의 씨앗을 싹틔운 존재들이 나타나 에너지 순환에 숨통이 트이기 때문이다.

'으음, 설마?'

존재했다는 것은 알고 있지만 지금까지 잊었던 한 존재에 대해 생각이 미쳤다. 바로 내가 속한 대차원을 만든 창조주에 대한 것이다.

지구가 속한 대차원에는 창조의 씨앗을 싹틔워 초월자들이 나타나기 시작했다. 하탄의 계획으로 인해 에너지의 순환이 더욱 빨리 이루어진 이후에는 바라스와 같은 창조주에 근접한 존재들도 나타났다.

자칭 신이라는 존재가 나타난 후 창조주는 자신이 만든 세상에 뿌린 에너지를 다시 회수하기 시작했을 것이고, 창조주에 근접한 존재들이 나타난 이후에는 막대한 양을 다시 흡수했을 것이다.

그럼에도 이렇게 자신이 만든 세상이 난장판이 되었는데도 나타나지 않고 있다.

'어쩌면 그의 의지가 내게로 이어져 세상의 정화를 시작했을 지도 모른다. 에너지의 순환이 전환을 한 순간부터 창조주는 더 위대한 존재로 진화를 했을 테니까.'

창조주라고 해도 인간과 그리 다르지 않다. 자신이 만든 세상을 아끼지 않을 이유가 없다. 나타나지 않고 있는 이유는 아무리 생각해 봐도 하나뿐이다. 그를 대신할 존재가 없지 않는 한 모습을 보이지 않을 이유가 없다.

'확인을 하기 위해서는 요한에게 카오스에 대한 것을 전달한 후 지구로 귀환해야 한다. 외계로 통하는 통로가 열리기는 했지만 카오스가 사라진 이상, 브리턴에 살고 있는 이들만으로도 건너오는 존재를 막아낼 수 있을 테니까.'

대차원을 벗어나 다른 세상으로 나아가야 하기에 프리온에 있는 외계와의 통로를 닫을 생각은 없다.

내 계획이 완성이 된다면 다른 곳에도 통로가 생길 것이고, 지금 있는 것도 더욱 넓어질 테니 말이다.

'으음, 내가 하는 이런 생각조차도 어쩌면 창조주의 의지일지도 모르지.'

새로운 존재로 거듭났을 창조주는 자신의 세계가 더욱 성장하기를 바랄 것이다. 자신이 만든 대차원을 넘어 더욱 거대한 차원으로 성장하기를 말이다.

— 요한!

— 마스터, 어디 계십니까?

요한이 대답하며 나를 찾아 시선을 던진다. 하지만 이미 모습을 감춘 터라 행방을 묻는다.

— 나는 지금 그곳에 없다.

— 성공하신 겁니까?

— 그래. 성공했다. 그리고 바라스의 의지도 완전히 제압을 해두었으니 앞으로 위협은 없을 것이다.

— 그랬군요.

— 난 이대로 지구로 돌아갈 생각이다.

— 예정대로 진행이 되는 겁니까?

— 그렇게 할 생각이다.

창조의 씨앗을 틔운 후 독선으로 흐르는 존재들에게 안전

장치를 할 생각이기는 하지만 계획을 변경시킬 일은 없기에 솔직하게 대답을 해주었다.

— 그러시군요.

— 외계의 존재는 문제는 해결이 되었지만 엘리멘탈들과 엘프들을 조심해야 한다. 아직까지 그들의 의지를 장악하고 있는 존재들이 모습을 드러낸 것이 아니니 말이다. 이제 대세에는 지장이 없지만 잘 감시하도록 해라.

— 그냥 가시면 브리턴이 위험할 수도 있습니다.

프리온으로 오기 전에 바이네스가 미네르바라는 존재의 터미널이었음을 인식시켜 주었다.

전투를 벌이며 바리스 또한 누군가의 터미널이었을 가능성도 이미 확인한 터라 요한은 혹시 모를 위험함을 경고했다.

— 걱정하지 마라. 내가 말을 한 대로 상황이 전개되면 세계를 넘어오면 될 것이다.

— 마, 마스터.

지구로 넘어간다는 소리에 요한의 사념이 떨렸다.

— 센트 싸인 마탑이나 하탄은 위험할 수도 있다. 이곳에 근거지를 마련해라.

— 이곳에 말입니까?

— 그래, 하탄의 모든 인원을 데리고 오도록.

— 전부 데리고 오는 것은 무리입니다.

— 공간 게이트를 열 것이다. 대규모로 열 것이니 하루 정

도면 모든 인원을 이동시킬 수 있을 것이다.

　─ 엘리멘탈이나 엘프들이 하탄의 인원들이 이동한 것을 알게 되면 혹시라도 그들을 조종하는 존재들도 알게 될 텐데 괜찮겠습니까?

　─ 걱정하지 마라. 내가 지구로 건너가면 이곳에 신경을 쓸 시간도 없을 테니까.

　─ 알겠습니다.

요한과의 대화를 끝내고 프리온에 결계 하나를 덧씌웠다. 물론 카오스가 친 것들도 그대로 두었다.

마지막으로 요한에게만 권한을 준 공간 게이트를 설치했다. 한 번에 10,000명 정도는 옮길 수 있는 게이트다.

'그럼 이제 가볼까?'

곧바로 지구로 돌아가는 게이트다. 위험이 발생하면 내가 덧씌운 결계와 연동하여 프리온에 있는 모든 것을 이동시킬 수 있는 게이트이기도 했다.

'엘리멘탈들이 전부 장악된 것이 아니기를 빌 수밖에……'

내 생각이 맞는다면 창조의 씨앗을 품은 이들을 조종할 수 있는 자들은 스스로 함정에 빠진 것이나 마찬가지다. 벌써 두 번째 통로를 내가 장악했으니 말이다.

최악의 사태를 예상하기는 하지만 실현되지 않기를 바랄 뿐이다. 만약 그렇다면 바라스처럼 세계를 움직이는 에너지로 흡수시켜 버릴 생각이다. 그냥 소멸시키기에는 아까운 존재들이니 말이다.

　— 열려라.

　의지를 실어 지구와 연결되는 게이트를 만들었다. 젠에게는 맡길 수가 없어 직접 만들었지만 어렵지는 않다. 이제 내 의지와 하나가 된 천곤 덕분이다.

　그렇게 게이트를 넘어 지구로 향했다.

　쾅!

　"크하하하하하!"

　집무실에 앉아 있던 김윤일은 책상을 치며 광소를 터트렸다. 내부로부터 느껴지는 광대한 힘에 전율이 일었기 때문이었다.

　반고와 합작을 한 후 얻었던 신화 속의 권능이 이제 제대로 작동하고 있다는 것을 느낄 수 있었다.

　"드디어 때가 된 것인가?"

　자신의 뜻대로 모든 것을 할 수 있다는 생각이 들자 김윤일로서는 흥분이 되지 않을 수 없었다.

　"지금 상태는 어떻지?"

　자신이 가지게 된 권능에 취해있던 김윤일은 어느새 냉정을 되찾은 듯 바닥에 엎드려 있는 흑운을 향해 물었다.

"모두 안정적으로 성장하고 있습니다."

"연결 상태는?"

"오직 하나의 의지에 따라 위대하신 후계자께 마음을 다 바칠 준비가 끝났습니다."

"호오, 그래?"

자신에게 맹목적인 충성을 바쳐왔던 흑운이었지만 다른 생각을 품어왔다는 것을 모르지 않기에 김윤일의 눈이 빛났다.

"후계자께서 권능을 얻으신 순간부터 다른 의지를 섬기지 않게 되었습니다."

"네 존재를 걸고 말할 수 있나?"

"후계자께서도 모두 하나가 되었다는 것을 느끼고 계시지 않습니까?"

흑운의 말에 김윤일은 권능을 일으켰다.

"후후후, 그렇군. 그동안 준비해 온 것이 헛되지 않아서 다행이야."

선천적으로 능력을 타고 났지만 더 이상 성장하지 못해 어둠의 힘에 기댔던 이들이었다.

자신의 피로 어둠의 힘을 부여했지만 확신하지 못하고 있었는데 지금은 모든 흑운이 자신을 기다리고 있다는 것을 알 수 있었다.

"흑운은 후계자의 부름을 받을 준비가 모두 끝났습니다.

어서 거두소서."

"좋아! 그리 원한다면 그렇게 하지."

눈앞에 엎드려 있는 흑운이 말하는 것이 무엇을 뜻하지 잘 알기에 김윤일은 고개를 끄덕였다.

김윤일의 몸에서 음산한 기운이 흘러나오기 시작했다. 빛과 어둠을 동시에 가지고 있어서인지는 몰라도 가슴이 시리도록 기묘한 기운이었다.

― 네 이름은 루시퍼! 내가 가진 권능으로 세상에 이름을 거나니, 나의 힘을 이어받은 자들은 오라! 내 너희와 모든 것을 함께할 것이다.

강력한 의지를 동반한 사념이 김윤일로부터 퍼져 나갔다.

김윤일이 존재의 이름과 의지를 천명하는 순간, 인과율 시스템에 루시퍼의 이름이 새겨졌다.

덜덜덜!

엎드려 있는 흑운의 전신이 경련이 이는 것처럼 떨렸다. 다른 이들과는 달리 김윤일이 전하는 사념의 직접적인 영향을 받기 때문이었다.

흑운의 수장이자, 자신 또한 흑운으로 불리는 그는 떨리는 몸을 진정시키며 애써 몸을 일으켰다.

자신을 통해 전달되는 루시퍼의 의지를 흑운들에게 전달하기 위해서였다.

― 네 이름은 루시퍼! 내가 가진 권능으로 세상에 이름을

거나니, 나의 힘을 이어받은 자들은 오라! 내 너희와 모든 것을 함께할 것이다.

흑운은 전해 받은 사념을 스스로의 의지에 따라 자신에게 연결된 다른 흑운들에게 전했다.

이어진 의식이 하나의 커다란 의지로 변하며 집단으로 뭉치자 서 있는 흑운의 눈이 변했다. 흑백으로 선명하게 나뉘어 있던 그의 눈동자는 어느새 온통 검은 빛으로 물들고 있었다.

― 내 권속에 속하는 자들아! 이제 아마겟돈이 시작되었다. 존재의 의지를 가진 자들에게 전하라. 이 세상에 오롯이 존재할 자는 이 루시퍼뿐임을!

다시 한 번 김윤일의 사념이 흘러들었고, 흑운은 자신의 동료들에게 그것을 전했다.

털썩!

동료들을 연결시켜 김윤일의 권속으로 만들었다는 것을 느낀 흑운이 바닥으로 쓰러졌다. 강대한 권능의 파장을 견디지 못할 까닭이었다.

'꼭두각시로 만들어야 할 연놈들이 모두 사라져서 내심 불안했는데, 흑운이 이렇게 내 손안에 들어오다니. 후후후, 재미있군.'

추상철 일가가 갑자기 사라지고 난 뒤 모든 계획이 틀어져 버렸다. 능력자를 투입해 감시를 게을리 하지 않았는데 추상철은 물론 가족 전체가 감쪽같이 사라져 버렸다.

자신을 이용하려던 반고의 헌원호도 추상철 일가가 사라진 것에 당혹스러워 하는 것을 보고 안심이 되기는 했지만 계획을 늦추어야만 했다.

추상철 일가를 이용해 루시퍼의 권능을 손에 쥐고 흑운에 드리워진 반고의 검은 손길을 거두어 내려 했던 계획은 그렇게 수면으로 가라앉았다.

포기하고 있는데 세상이 변하며 권능을 각성하고 흑운을 손에 쥘 수 있었다. 아무것도 걸리적거리는 것이 없는 최상의 상태였다.

'후후, 이제 루시퍼의 권능을 손에 쥐었다. 그것도 족쇄가 걸리지 않은 온전한 권능을 말이다. 내심 포기하고 있었는데 이렇게 되면 놈들과의 전쟁도 충분히 승산이 있다.'

모든 흑운이 이제 자신의 권속이 되었기에 김윤일은 자신감이 생겼다.

선천적인 능력에다가 권능에 준하는 능력을 강제로 주입한 흑운들의 힘은 가공스러울 정도다. 두 명이면 초월자 하나는 충분히 상대할 정도로 강한 이들이 되었다.

더군다나 만들어진 존재들이라 의지를 장악하기만 하면 엄청난 힘을 발휘한다. 격을 지니고 있기는 하지만 주인이 된 자의 의지에 따라 모든 것을 희생해 적을 처리할 수 있기 때문이다.

흑운만 손에 쥐고 있다면 세상이 변하며 생겨난 여파를 충분히 감당할 수 있었기에 김윤일은 쓰러져 있는 이를 일깨웠다.

— 일어나라.

"으음."

— 일어나라!

반고가 남긴 의지가 지워져 혼란이 일었지만 흑운의 수장은 다시 한 번 부르는 김윤일의 사념에 정신을 차릴 수 있었다.

"주인님!"

흑운의 수장은 자리에서 일어나 김윤일을 향해 부복하며 말했다. 지금 이 자리에 있는 흑운뿐만이 아니었다. 흑운의 수장과 연결이 된 모든 흑운들이 자신이 있는 곳에서 부복을 하고 있었다.

— 이제 내가 흑운의 진정한 주인이 된 것이냐?

— 모든 것이 주인의 뜻대로 될 것입니다.

— 너희들은 어떠냐?

— 주인의 뜻대로 모든 것이 이루어질 것입니다.

흑운의 수장에게 물은 후 다른 흑운들에게도 다시 의지를 흘려보내자 곳곳에 퍼져 있는 흑운들이 일제히 사념을 보내왔다.

— 후후후, 좋다. 태고부터 그랬던 것처럼 이제 반고의 떨거지들을 한반도에서 모두 몰아낸다. 단 한 명도 남겨서는 안

될 것이다.

　— 존명!

김윤일의 사념에 흑운들이 일제히 복종했다.

"가라!"

"명을 따릅니다."

부복해 있던 흑운의 수장은 자리에서 일어나 김윤일의 발에 입을 맞춘 후 집무실을 떠났다.

집무실에 혼자 남은 김윤일은 북동쪽을 바라보았다.

"으음, 이제 머지않았다."

루시퍼로서 자각한 후 권능이 생기면서 모든 것을 깨달았다.

루시퍼라는 존재는 지구가 속한 대차원과 일그러진 대차원을 연결하는 전달자였다.

지구는 물론, 브리턴과 나머지 일곱 세상이 속한 대차원을 지키기 위해 일그러진 대차원들이 버려졌다.

일그러진 대차원들을 만든 창조주들의 부탁을 받고 생령들을 살리기 위해 모든 것을 바쳤던 루시퍼는 배신을 당한 것이나 마찬가지였다.

일그러진 대차원의 간섭을 막기 위해 지구가 속한 대차원에 결계가 쳐지는 순간, 모든 권능을 잃고 나락으로 떨어져 버린 것이다.

그러나 일그러진 대차원이 다시 연결이 되었고, 이제 잃어

버린 권능을 되찾았다. 자신이 그토록 갈망하던 것이 무엇인지 깨달았다.

"이제 내 아버지라 일컬어지는 이에게 결정을 내리라고 하는 것만 남았나?"

그의 생물학적인 아버지에게는 숨겨진 카드가 있다.

지구와 연결된 세상이 아닌 다른 차원의 존재들!

모든 신화의 대적자들이자, 악마라 칭해지는 존재들!

세상이 종말을 고할 때 깊은 어둠을 뚫고 나타난다고 예언되었던 파멸의 존재들이 바로 그들이다.

지구가 속한 대차원을 만든 창조주에 버금가는 권능을 지닌 존재들이자 상극인 자들을 배후에 두고 차원의 통로를 뚫었다.

덕분에 권능을 회복하고 파멸의 능력을 얻게 되었지만 좋아할 일이 아니었다. 아버지가 어떤 대가를 제공하고 손을 잡았는지 모르지만 결판을 내야 했다.

팟!

김윤일의 몸이 집무실에서 사라졌다.

신화를 이은 자들이나, 신격을 지닌 이들이 권능을 사용하게 됐음에도 공간 이동은 불가능한 것과 달랐다.

인과율 시스템에 이름이 오르는 순간부터 권능을 사용하게 된 김윤일은 공간 이동을 사용할 수 있었다.

그렇게 공간을 건너 뛰어 김윤일이 향한 곳은 만수연구소였다.

'여전히 안쪽까지는 불가능하군.'

루시퍼의 권능을 얻었음에도 거대한 암벽으로 둘러싸인 만수연구소 내부로 공간 이동을 하는 것은 불가능한 일이었다.

'좌표를 인식했다고 생각되면 곧바로 흩어져 버린다. 안의 전경이 뚜렷이 그려지는데도 막상 인지를 하려고 하면 안개처럼 모호해져 버리니……'

루시퍼의 권능조차도 간단히 막아버리는 결계가 만수연구소 주변에 쳐져 있는 상태다. 도대체 어떤 에너지인지 파악조차 할 수가 없는 상황에 김윤일의 미간이 찌푸려졌다.

'이쪽 차원의 에테르도 아니고, 일그러진 차원의 카오스도 아니다. 일그러진 차원의 존재들이 내가 인식 못하는 에너지를 만들어낸 것인가? 완전히 열리지는 않은 것 같으니 일단 들어가 봐야겠군.'

만수연구소를 둘러싸고 있는 에너지 파장에 의구심이 일었지만 아직 대차원들이 연결된 것이 아니기에 김윤일은 자신이 왔음을 알리기로 했다.

김윤일의 몸에서 흘러나온 강력한 에너지 파장이 만수연구소를 둘러싸고 있는 암벽에 전달됐다.

— 왔느냐?

— 들어가도 되겠습니까?

— 담판을 지으려 왔나 보구나. 들어오도록 해라.

그르르르룽!

만수연구소 안에 있는 아버지의 사념의 끝나자 암벽 한쪽이 밀려나며 문이 열리기 시작했다.

'예상대로군.'

결계가 아버지를 제외하고 고만고만한 힘들이 느껴졌다. 흑운의 기운은 없고, 매영으로 보이는 이들의 기운뿐이었다.

'으음! 매영이 다가 아닐 텐데 이상하군.'

가이아와 인과율 시스템이 불완전한 지구의 안녕을 위해 창조주가 안배한 것이 열두 갈래 권능이다.

각 갈래의 힘을 가진 존재들이 창조주의 안배를 무시하고 자신만의 길을 걷기 시작한 후 매영은 세상의 이면에 숨었다. 창조주가 남긴 열두 갈래의 권능을 재현하기 위해서다.

당초의 목적과는 달리 하나조차 제대로 재현하지 못하고 아버지를 따르는 터라 매영에 대해서는 염려할 것이 없다.

'손을 잡은 것이 아니라 완전히 예속이 됐다면 골치가 아플 수도 있겠군.'

아버지와 매영이 일그러진 차원의 존재들과 손을 잡은 것은 분명했다. 문제는 그들에게 예속이 되었느냐, 아니면 대등한 관계를 가지고 있느냐 하는 것이었다.

만약 예속이 된 상태라면 무시하지 못할 권능을 가지고 있을 것이기에 자신의 생각대로 되지 않을 수도 있었다.

'정보가 거의 없기는 하지만 어느 정도 예상은 한 상황이

니 부딪쳐 보는 수밖에.'

아버지의 배후에 있는 존재들에 대해 알지 못한다는 사실이 찜찜했지만 김윤일은 자신의 권능을 믿었다.

다른 존재들과는 달리 에테르와 카오스를 모두 사용할 수 있는 탓에 쉽게 당하지 않을 자신이 있었다.

생각을 가다듬으며 천천히 만수연구소 안으로 들어선 김윤일은 김일영이 머물고 있는 곳으로 향했다.

엘리베이터를 타고 아버지가 머물고 있는 방에 도착한 문을 열고 안으로 들어갔다.

의자에 앉아 차를 마시고 있는 아버지의 모습이 낯설었다. 거의 30대 초반으로 보이는 모습 때문이었다.

마지막으로 봤을 때와는 완전히 다른 모습을 하고 있는 아버지의 모습에 김윤일은 놀람을 감추지 않았다.

"으음."

"오랜만이구나. 어서 앉아라."

"건강해 보이시는군요."

"네가 염려해 준 덕분이다. 어떤 것으로 마실 테냐?"

"커피로 주시면 좋겠군요."

"알았다."

김일영은 미소를 짓고 있는 김윤일을 바라보며 자리에서 일어나 한쪽 구석에서 방금 전에 자신이 내린 커피를 한 잔 따라 가지고 왔다.

"먹을 만할 거다."

"향이 좋군요."

"네가 보내준 것이다. 그래, 할 말이 있어서 온 것 같은데 나에게 하고 싶은 말이 뭐냐?"

"아버지의 배후를 알고 싶습니다."

"내 배후 말이냐?"

"이제는 알아야 할 때가 된 것 같아서 말이죠."

"이미 알고 있지 않느냐?"

"지구가 속한 대차원이 아니라, 외계에 속한 존재들이 아버지와 손을 잡았다는 것은 대략 알지만 정확한 것은 모릅니다."

"그 정도밖에는 모르는 것이냐?"

"더 이상의 정보는 없더군요."

"후후후, 하기야 찾기 쉬운 것은 아니니……. 나에게 원하는 것이 있어서 왔을 텐데, 무엇이더냐?"

묻고 있는 김일영의 눈빛이 변했다. 조금 전까지 부자간으로 보였던 것과는 완전히 다른 모습이었다.

"잘 아실 텐데요?"

"저쪽 세계와 이쪽 세계를 잇고 싶어 하는 것은 잘 안다만, 그들까지 끌어들일 생각인 것이냐?"

"아버지 또한 그렇게 하려고 하지 않으셨습니까?"

"연계를 하고 싶은 모양이다만, 그들을 감당하실 수 있을 것 같으냐?"

"감당하지 못할 것 같으면 이렇게 아버지를 보러오지는 않았을 겁니다."

김윤일은 눈을 빛내며 자신의 아버지를 바라보았다.

에테르와 카오스를 동시에 다룰 수 있는 김윤일이었다. 연결자로서 에테르와 카오스로 동시에 권능을 발휘할 수 있는 그에게 있어 아버지의 배후는 그다지 문제될 것이 없었다.

"그럼 그들의 목적을 아는 것이냐?"

"그쪽 세계의 안정을 위해서 우리가 속한 세계의 에테르가 필요하다는 것은 잘 알고 있습니다."

"그렇다면 이곳 세계의 희생이 필요하다는 것도 알겠구나."

"어차피 차원 융합이 시작되고 있으니 불가피한 일이라는 것도 알고 있습니다."

"그들을 제어할 자신이 있다는 말투구나."

"후후후, 모두 제 발아래 엎드려야 할 겁니다."

"네 발아래 엎드릴 정도로 호락호락한 자들이 아니다. 더군다나 차원 융합은 과정일 뿐이다."

"그들에게 다른 목적이라도 있다는 것 같은 말투십니다."

"역시 모르시는구나."

"뭘 말입니까?"

원하는 것을 주지 않고 말을 돌리는 아버지의 모습에 김윤일이 신경질적으로 물었다.

"놈들은 차원 융합이 이루어진 후 연결된 세계를 파괴하려고 한다, 세계가 붕괴되면서 흘러나오는 혼돈의 에너지를 얻으려고 말이다."

"후후후후, 고작 그것이었습니까? 태초로 돌아가 모든 것을 무의 상태로 돌려서 새로운 하나가 되려는 것이 그들의 진짜 목적이라는 것은 저도 알고 있습니다."

"으음."

김일영이 신음을 흘렸다. 자신의 아들이 그것마저 알고 있을 줄은 몰랐기 때문이었다.

"연결자의 권능이 그저 단순한 것만은 아닌 모양이구나."

"이제야 아셨습니까? 어차피 우리가 사는 세계는 붕괴되게 되어 있습니다. 태초의 하나가 되기 위한 전쟁이 시작된 것은 아주 오래전이니 말입니다. 그리고 그것은 제가 사는 목표이기도 하고 말입니다."

"후후후, 그런 생각을 가지고 있었다니 재미있는 일이구나."

김일영은 아들을 바라보며 자조가 섞인 말투로 말했다.

육체가 붕괴하려는 것을 막으려 애를 써오느라 자신에게 권능을 주었던 존재들의 목적을 알아차린 것이 너무 늦었다.

기회를 잃어버린 김일영으로서는 아들의 자신감이 너무 부러웠다.

"어차피 아버지에게는 기회가 없습니다. 영생불멸의 삶은 보장해 드릴 테니 그것을 저에게 넘기시는 것이 어떻습니까?"

"그것까지 알고 있었던 것이냐?"

김일영이 놀란 눈빛으로 물었다.

"지금은 저만 알고 있지만 아버지가 혈정을 통해 칠령을 깨웠다는 것은 더 이상 비밀이 아닙니다. 놈들도 조만간 알게 될 테니 저에게 넘겨 영생을 얻으시는 것이 아버지에게 가장 유리한 선택일 겁니다."

외계 차원의 존재들이 세계로 진입하기 위해서는 일곱 개의 신기가 필요하다.

칠령이라 부르는 것으로 수많은 인간의 생령과 피로 만들어진 혈정만이 깨울 수 있는 것이었는데 아들이 알고 있을 줄은 김일영으로서는 짐작도 하지 못한 일이었다.

"네가 칠령의 비밀까지 알고 있을 줄은 몰랐다. 하지만 칠령은 호락호락한 것이 아니다."

"자격이 없는 자가 다룰 수 있는 것이 아니라는 것은 저도 알고 있습니다."

"너는 자격이 있다는 말투구나."

"후후후, 말씀을 드려야 할 것 같군요. 에테르와 카오스를 동시에 다룰 수 있는 것이 접니다. 권능의 힘 또한 마찬가지고 말입니다."

"네가 찾아왔을 때 그럴지도 모른다고 생각했는데 에테르와 카오스를 동시에 다룰 수 있다니……. 네 말대로 난 기회를 잃어버렸으니 칠령을 다룰 수 있는 자격은 너밖에 없겠구나."

김일영도 순순히 수긍을 했다.

칠령은 일그러진 세계를 막고자 만들어진 것이다.

연결된 세계의 기반이 되는 에테르들과 일그러진 세계의 카오스를 융합해 외계와 경계를 만든 결계석들로 창조주가 만든 것이었다.

김일영은 2차 세계대전 중에 혈정을 만들어내는 방법을 일본의 이면 조직인 다카마가하라의 연구소에 탈취한 후 블리자드와 손을 잡았다.

블리자드의 도움으로 북한의 권력을 잡고 자신의 통치에 반대하는 자들을 숙청해 수용소에 가두고 혈정을 만들었다.

완전한 방법을 알려주지 않아 혈정을 만드는 일이 계속 실패했던 블리자드와는 달리 자신은 성공을 했다.

블리자드의 괴물들에게 칠령의 존재를 속이는 것은 어렵지 않은 일이었다. 혈정이 권능을 얻을 수 있게 해준다는 것에 혈안이 되어 있었던 블리자드였기에 가능한 일이었다.

'내가 너무 욕심을 냈다. 섣불리 손을 대는 것이 아니었다. 그렇지 않았다면…….'

혈정을 만드는 것은 성공했지만 욕심을 부린 것이 화근이었다. 칠령을 얻기 위해 혈정을 사용한 후 육체가 붕괴되기 시작한 것이다.

영혼을 다루는 자신의 권능이라면 충분히 가능할 것이라 생각했는데 그것은 큰 오산이었다.

혈정은 에테르로 만들어낸 카오스였기에 에테르와 카오스를 동시에 다룰 수 없다면 신격을 가진 존재라 할지라도 손을 대는 것조차 불가능한 것이었다.

다행이 박명호가 있어서 육체의 붕괴를 막을 수 있었지만 김일영으로서는 천추의 한이 되는 일이었다.

육체가 다시 회복된다는 확신이 없었음에도 김일영은 결코 포기하지 않았다.

혈정을 만드는 방법의 일부만 가지고도 에테르를 변형시켜 권능에 가까운 힘을 얻게 해주는 방법을 발견한 박명호의 천재성을 믿었기 때문이다.

자신의 육체가 회복될 가능성을 보여준 박명호를 믿고 김일영이 제일 먼저 한 것은 혈정을 만드는 것에 실패한 블리자드를 설득해 남한에 게이트를 여는 것이었다.

남에서 데리고 온 자들을 이용해 만들어 준 탓에 블리자드에게 혈정의 비밀이 알려지기는 했지만 성공적으로 칠령을 깨워 손에 넣을 수 있었다.

박명호의 연구가 성공해 육체의 붕괴를 막고 완전히 회복이 된 후, 김일영은 칠령을 손에 넣으면서 알게 된 외계의 존재들과 손을 잡았다.

사실 도박에 가까운 일이기는 했지만 결과적으로는 성공인 결과였다.

그러나 김일영으로서도 예상하지 못한 일이 일어났다. 성공적으로 칠령을 손에 넣었다고 생각했는데 세계가 알 수 없는 변화를 일으킨 것이다.

세계가 변화하며 칠령도 변해 버렸다. 에테르도 카오스도 아닌 새로운 형태의 에너지가 흐르기 시작했던 것이다.

혈정을 사용하며 소멸이라는 위험을 직접 겪어야 했던 김일영은 모험을 할 수 없었다.

외계의 존재들을 제어하려면 칠령을 사용해야 하지만 그러는 순간, 자신이 소멸할 것이라는 것을 직감적으로 알 수 있었기 때문이었다.

'후우, 후회스러운 일이지만 앞으로 기회가 없는 것도 아니니 일단 넘기자.'

김일영은 칠령을 아들에게 넘기기로 결정을 내렸다.

머지않아 어떻게든 칠령의 존재가 노출될 것이 분명했고, 세계가 변하며 자신이 가지고 있는 권능도 천천히 변하고 있다는 것을 느끼고 있었기 때문이었다.

"네가 원한다면 줘야겠지. 그렇지만 다루지 못하는 권능은 오히려 화가 될 수 있음을 명심해라."

"이제야 결정을 내리셨군요. 고맙습니다, 아버지."

아버지에게 감춰진 한 수가 있다는 것을 알고 있었다. 반전

을 꾀할 수 있음에도 순순히 칠령을 내어준다는 것이 고마웠다

'고맙기는 하지만 아마도 이번 결정이 후회로 남으실 겁니다, 아버지.'

자신의 생물학적 아버지가 칠령이 간직하고 있는 진짜 비밀을 알지 못하고 있는 것 같았다. 칠령의 비밀을 알고 있다면 절대 내어주지 않을 것이기 때문이었다.

'칠령은 아버지가 생각하는 것처럼 단순한 것이 아닙니다. 세상의 경계를 유지시키기도 하지만 우리가 속한 세상을 만든 창조주의 진정한 권능이 담겨 있는 것이기도 하니 말입니다.'

칠령을 만든 직후 창조주는 자신이 만든 대차원에 녹아들었다. 그가 가진 권능의 근원을 칠령에 남겨 놓은 채였다. 창조주는 에테르와 카오스를 다룰 수 있는 최초의 존재였다.

그가 가진 권능 또한 에테르와 카오스를 동시에 사용할 수 있는 것이었다. 루시퍼가 대차원과 대차원을 잇는 연결자로서의 권능을 가질 수 있던 것도 그 때문이었다.

칠령을 얻게 되면 에테르와 카오스를 다루는 것이 완벽해진다. 차원을 붕괴시켜 태초의 존재로 돌아가려는 것을 막을 수 있는 힘이 생기는 것이었다.

"지금 바로 건넬 테니 받도록 해라. 하지만 그전에 해줄 것이 있다.

"뭡니까?"

"네 존재를 걸고 방금 전에 나에게 했던 약속에 대해 반드시 지킬 것을 맹세해라."

"어려운 일도 아니군요. 그렇게 하지요."

김윤일이 고개를 끄덕이며 말했다.

영생을 약속했지만 그리 어려운 일이 아니었다. 세계의 근원들을 손에 넣으면 불멸자로 만들어 주는 것은 아주 쉬운 일이었다.

— 나 루시퍼는 약속의 증표로 아버지와 세상이 끝나는 것과 함께하게 할 것임을 맹세한다.

존재를 걸고 하는 맹세가 김윤일의 사념으로 세상에 새겨졌다. 신격을 가진 존재라 할지라도 절대로 어길 수 없는 언령의 약속이었다.

"고맙다. 그럼 나도."

간단하게 언령을 시전한 김윤일과는 달리 아직 제대로 된 격을 갖추진 못한 김일영은 근원의 에너지를 끌어 올렸다.

— 약속의 증표에 따라 나 김일영은 세상의 경계를 이루는 칠령을 루시퍼에게 건넨다. 그러나 약속이 이루어지지 않는다면 모든 것이 무로 돌아가리라!

단서를 달기는 했지만 김일영 또한 자신의 언령으로 약속을 인과율에 새겼다.

"헉! 헉! 힘들군."

"주시지요."

"알았다."

김윤일의 재촉에 김일영은 약속을 이행하기 위해 양손을 앞으로 내밀었다.

스르르르.

각기 다른 영롱한 광채를 내뿜는 일곱 개의 보석들이 그의 손바닥에 떠올랐다.

"으음."

루시퍼라는 존재를 드러낸 김윤일은 신음을 흘리며 천천히 칠령의 윗부분을 만졌다.

스으윽!

붉은 광채를 뿌리는 칠령 중 하나가 김윤일의 손바닥 안으로 스며들었다.

김윤일이 칠령을 흡수하자 내뿜는 기세가 점점 강렬해지고 있었다.

자신은 그저 공간을 왜곡해 보관할 수 있었을 뿐이었다. 칠령을 온전히 흡수하는 것은 에테르와 카오스를 동시에 다룰 수 있을 때만 가능한 일이었다.

'루시퍼는 칠령이 가진 권능에 대해서 이미 알고 있었구나.'

김일영은 칠령이 하나하나 아들과 동화되어 가는 모습을 지켜보며 루시퍼가 세계의 연결자라는 것을 실감할 수 있었다.

"헉! 헉!"

김윤일이 칠령을 모두 흡수하자 김일영은 가쁜 숨을 내쉬며 소파에 온몸을 묻었다.

제9장

9

김일영은 자신의 존재를 유지하던 근간을 빼앗긴 것이나 마
찬가지였다. 기력이 쇠한 것처럼 노쇠해 보이는 것이 조금 전과
는 확연히 달라진 모습이었다. 칠령의 권능을 흡수하지는 못하
지만 신체에는 좋은 영향을 미치고 있었는데 중단되어 버린 까
닭이었다.

"후우, 이제 매영은 어떻게 할 생각이냐?"

잠시 숨을 돌린 김일영이 물었다.

"화근이 될 수 있는 싹은 뿌리부터 뽑아야 하는 것이라고 아
버지에게 배웠습니다만."

"으음."

매영은 삭초제근을 하겠다는 김윤일의 말에 김일영은 신음을 삼켜야 했다.

'하긴 나라도 그랬을 것이다. 여건만 갖춰진다면 매영은 언제든지 격을 지닌 존재들로 성장할 수 있으니까.'

매영을 보호하려 하는 것은 자신의 욕심일 수 있었다.

자신을 위해 일하고 있는 매영은 태초의 존재들이 남긴 비기를 가지고 있다. 익히기만 한다면 권능이라고밖에 표현이 되지 않는 것이 매영의 비기들이다.

거기다가 격을 지니게 된다면 신의 반열에 오를 수도 있는 터라 아들에게 위협이 될 수도 있으니 루시퍼로 각성한 아들의 입장에서는 반드시 제거해야 할 대상이었다.

"어차피 나는 어떻게 할 수 없는 상태니 마음대로 하도록 해라. 그렇지만 매영은 그리 만만한 존재들이 아니니 쉽지는 않을 것이다."

"후후후, 매영이 그 옛날 찬란했던 유산을 되찾았다고 하더라도 이제는 소용이 없을 겁니다. 그들이 간직하고 있는 비기들이 모습을 드러낸다고 하더라도 예전과 같은 위력을 발휘할 수는 없을 테니까 말입니다."

"글쎄다. 네가 그렇게 생각한다니 할 말은 없다만, 만수연구소에 머물고 있는 매영이 전부라고 생각하면 오산일 것이다."

경고하는 말에 김윤일의 눈이 빛났다.

매영의 실력자들이 떠난 상황이라니 의외였다.

"역시, 예상대로 매영의 주력은 이곳에 머물지 않고 있는 모양이군요."

만수연구소에 들어서는 순간부터 그다지 강한 자들이 없다는 것을 파악했던 김윤일이 고개를 끄덕였다.

"그렇다. 네가 느낀 대로 매영의 주력은 이곳에 없다."

"주력이 상당히 강한 모양이군요."

"그들은 네가 생각하는 것보다 훨씬 강하다. 너는 외계의 존재들이 어째서 이 세계로 넘어 오지 못하는지 잘 생각해야 할 것이다."

"그것이 매영이 있기 때문이라는 겁니까?"

"매영 때문인지, 아니면 다른 존재가 더 있는지는 나도 확실히 모른다. 하지만 외계의 존재들이 경계를 넘는 것을 막고 있는 최전선에 매영이 움직이고 있다는 것은 분명하다."

"정말 이상하군요. 그 정도의 힘을 갖고 있지는 않은 것 같은데 말이죠."

흑운에 의해 조종당해 열지 말아야 할 게이트를 연 이들이 매영이다. 누구보다 잘 알고 있는 이들이 그런 강력한 힘을 가지고 있다는 사실을 믿을 수가 없는 일이다.

"후후후, 그들과 이곳을 지키고 있는 매영들을 비교하는 것은 어리석은 일이다."

예상 밖의 말에 김윤일의 인상이 찌푸려졌다.

"말씀대로라면 매영이 아버지와 다른 길을 걷고 있다는 것으로 들리는군요?"

"그럴 수밖에 없다. 서로 원하는 것이 같아 함께 했을 뿐이었으니 말이다. 이제 각자 목적을 이루었으니 더 이상 함께 할 이유는 없는 상황이다."

"으음."

"목적을 이루었다는 것도 그렇고, 만만치 않을 것이라고 하시는 것을 보면 이곳에 없는 매영들은 격을 갖춘 존재로 거듭난 것으로 보이는데 내 생각이 맞는 겁니까?"

"그렇다. 덕분에 블리자드가 이 땅을 떠나 버렸고, 나는 끈이 떨어진 연 신세가 되어버렸다."

자신의 약점까지 순순히 대답을 해주는 아버지를 보며 김윤일은 심상치 않음을 느낄 수 있었다.

'반신반의하고 있었는데 아버지와 손을 잡고 있는 블리자드도 매영 때문에 한반도를 떠났다고 하니 경계를 해야 할 것 같구나. 블리자드의 괴물 같은 존재들도 감히 어떻게 할 수 없을 만큼 강한 존재들이 되었다는 뜻이니…….'

자신의 예상과는 다른 전개에 김윤일은 자신을 위해 이곳에 남아 있다는 매영들을 만나볼 필요성을 느끼고 있었다.

"이곳에 남은 매영들을 만날 수 있겠습니까?"

"그들이 이곳을 지키고 있는 이유는 나를 보호하기 위해서가 아니라 널 만나기 위해라고 했다. 네가 원하지 않는다고 해도 만나야 할 거다."

"나를 만나기 위해서 남아 있었다는 겁니까?"

"그렇습니다."

갑자기 공간이 단절되고 아버지의 모습이 사라지며 목소리가 들려왔다.

김윤일의 고개가 목소리가 들려 온 곳으로 돌려졌다.

왼쪽 가슴에 삼족오의 문양이 수놓아진 청색의 무복을 입은 자가 침착한 눈빛으로 자신을 바라보고 있었다.

의문에 대답한 이는 숨어 있던 매영 중 하나였다.

'으음, 결계를 뚫고 들어오다니……'

아버지와 만난 후 주변에 결계를 쳤다.

소리를 차단하는 것은 물론이고, 자신이 허락하지 않은 것은 절대 발을 디딜 수 없는 공간에 매영이 모습을 드러내자 김윤일은 놀라지 않을 수 없었다.

"무엇 때문에 나를 기다린 것이냐?"

"세계가 개벽을 하고 바뀌고 있으니 우리 세계와 외계를 잇는 유일한 존재이신 루시퍼 님을 만나할 이유는 충분한 것 아닙니까?"

'품고 있는 에너지의 양은 그다지 높은 편은 아니지만 만만한 자가 아니다.'

자신의 눈앞에 서 있는 매영을 바라보며 김윤일은 만만치 않는 존재임을 깨달았다. 질문을 질문으로 받아치는 매영은 자신감이 아주 높았다. 불안한 모습이 하나도 보이지 않았다.

"원하시는 것을 얻으셨을 테니 세계와 세계가 융합되는 것에 한 손을 대 보시는 것이 어떻습니까?"

"세계가 융합되는 것에 내 손을 보태라고?"

"그렇습니다. 루시퍼의 권능도 그렇고 조금 전에 얻으신 칠령을 완벽하게 흡수하기 위해서라도 세계가 융합되는 것이 좋을 테니까요."

"이곳과 저쪽 세계가 융합한다면 좀 더 높은 격을 가질 수 있다는 말 같군."

"맞습니다. 이미 우리가 가지고 있는 것들이 변하기 시작했으니 말입니다."

"매영에게 협조하지 않겠다면 어쩔 건가?"

"그렇다면 할 수 없는 일입니다. 우리와 협력하기를 원하는 존재들은 많으니."

"바로 결정을 내려야 하는 건가?"

"그건 아닙니다. 다만, 융합이 끝나기 전까지는 알려주셨으면 합니다. 이후라면 루시퍼님께 드릴 것이 아무것도 없을 테니 말입니다."

"나에 줄 것이 있다는 것은 무슨 말이지?"

자신에게 줄 것이 있다는 매영의 말에 김윤일이 흥미로운 눈빛을 보였다.

"드릴 것에 대해 묻지는 말아주십시오. 그것은 협조를 약속하신 이후에나 알려드릴 수 있으니 말입니다."

"네놈이!!"

화가 난 김윤일은 루시퍼로서의 존재감을 한껏 드러냈다.

"으음."

권능을 동반한 기세에도 매영은 흔들리는 구석이 하나도 없었다. 격을 가진 존재가 아니라면 절대 있을 수 없는 일이었다.

'내가 알아차리지 못할 정도로 감추고 있다면 절대 내 아래가 아니다.'

김윤일은 자신의 눈앞에 있는 매영에 대해서 다시 생각하지 않을 수 없었다.

"후후후, 기회는 언제나 찾아오는 것이 아닙니다. 마음이 바뀌시면 저분에게 하신 것처럼 저에게 언령으로 약속을 해주시면 됩니다."

"으음."

분명 눈앞에 보이고 있지만 매영의 존재감이 없었었기에 김윤일은 신음을 흘려야 했다.

손을 휘젓자 매영의 모습이 흩어졌다.

'원래부터 실체가 아니었다니……'

모습을 드러낸 매영은 허깨비에 지나지 않았다. 실체의 의지가 잠시 머물 수 있는 허상이었다.

'의지를 나누어 여럿으로 보이게 만들었던 것이로군.'

김윤일은 만수연구소 안에서 느껴졌던 매영의 기운들도 모두 사라지고 없다는 것을 확인한 후 고개를 끄덕였다.

자신의 앞에 나타난 매영의 실체를 어느 정도 짐작할 수 있었기 때문이었다.

자세히 살펴보니 같은 종류의 기운이었다. 본래부터 만수연구소에 있던 매영은 하나였던 것이다.

실체를 나눈 분실들이 다른 생각의 의지를 가지고 개별적으로 움직인 탓에 여럿으로 느낀 것뿐이었다.

'그렇지만 대단하다. 나조차 여럿이라고 느꼈을 정도니……'

매영의 수는 아무도 알지 못한다.

블리자드가 어째서 아버지를 떠났는지 알 수 있었을 것 같았다. 강대한 격을 갖추고 있는 이들이 얼마나 있는지 알 수 없는 조직은 두려움의 대상이 될 수밖에 없었을 것이다.

'매영에 대해 너무 안일하게 생각했었구나.'

외계의 존재와 맞서고 있다는 말이 사실임을 알 수 있었다. 분명 주력은 떠났다고 했는데 남아 있는 이가 칠령을 얻기 전의 자신과 비슷한 힘을 보유하고 있었으니 말이다.

'세계가 융합하는 것이 나에게 이로운 일인지 먼저 확인을 해보자.'

김윤일은 자신이 가진 권능을 확인했다.

'역시나 커지고 있군.'

칠령을 얻어 훨씬 강력해진 권능이지만 한계는 분명했다. 격이 성장하지 않는 한 권능이 커지는 것은 기대할 수 없는데 어쩐 일인지 조금씩 더 커지고 있었다.

'권능만 확인해서는 안 된다. 어디!'

김윤일은 자신의 의지를 확대해 세계를 살폈다.

에테르와 카오스가 섞여 융합이 되어가는 만큼 권능의 힘이 늘어나고 있는 것을 확인할 수 있었다.

'융합이 진행되는 만큼 늘고 있다. 으음, 나에게 준다는 것이 무엇인지 궁금하긴 하군. 하지만……'

매영이 제안을 승낙할 경우 자신이 얻게 되는 것이 무엇인지 궁금하지만 걸림돌이 있었다.

매영과 흑운의 관계였다.

선천적으로 가지고 있는 능력을 인위적으로 변형시켜 권능에 가까운 힘을 얻은 존재들이 바로 흑운이다. 그에 반해 매영은 대대로 전해 내려오는 비기의 수련을 통한 깨달음으로 격을 높이는 존재들이다.

이로 인해 매영은 흑운을 세계의 균형을 깨트리는 절대의 적으로 규정하고 있었다. 절대 협조가 되는 존재들이 아니었다.

'매영과의 협조가 내 기반인 흑운을 무너트리는 것일 수도 있다.'

매영이 협조하라는 것이 자신의 기반이나 마찬가지인 흑운을 처리하는 것이라면 들어주기 곤란했다.

하지만 세계의 변화와 맞물려 있는 보상을 매영 측에서 준비했다면 생각해 볼 문제였다. 보상이라는 것이 권능과 관계있는 것이 분명했기 때문이었다.

'어떤 것이 나에게 유리한 것인지 모르겠지만 일단 협조를 해보는 것도 나쁘지 않을 것 같군.'

협조라는 것이 흑운을 처리하는 것이 아닐 수도 있었고, 자신에게 매영이 주려하는 것이 어떤 것인지 확인을 해볼 필요성을 느낀 김윤일은 결정을 내렸다.

— 너희들의 제안에 협조하겠다.

의지를 발휘해 언령으로 약속을 했다.

'으음, 뭐지?

김윤일은 자신의 약속이 인과율에 새겨지자 만수연구소에 변화가 나타났다는 것을 알 수 있었다.

더불어 자신의 내부에 변화가 일어나자 김윤일은 자신과 거래를 한 매영을 찾았다.

'나도 느끼지 못하는 사이에 사라졌다.'

방금 전까지 확인이 되었는데, 매영의 존재는 그 어디에도 느껴지지 않았다. 권능의 힘으로 찾아봐도 만수연구소 안에서 매영의 존재감을 느낄 수 없었다.

그야말로 완벽하게 사라진 것이다.

'그나저나 지금은 매영이 문제가 아니다. 어떻게 이럴 수가 있는 거지?

매영의 존재감이 사라진 것은 금방 잊혀졌다. 격이 상승했기 때문이다.

'지금이라면 무엇이든지 할 수 있을 것 같다.'

칠령을 얻고도 미진했는데 부족한 것이 채워졌다. 격이 상승해 칠령을 온전히 사용할 수 있게 되었으니 말이다.

재미있는 일이다.

루시퍼의 권능을 손에 쥔 이가 하필이면 후계자인 김윤일이라니 말이다.

신화의 존재들은 대부분 에테르를 통해 자신의 격을 성장시키고 권능을 얻어 정점에 선 후 인류에게 신으로서 추앙을 받는 자들이다.

그렇지만 루시퍼는 조금 다른 존재다.

루시퍼는 에테르로 정점에 선 후 창조주의 명령으로 카오스를 얻어 외계와 연계하는 연결자로서 대차원의 붕괴를 막았다.

하지만 카오스를 품은 후 권능을 잃어 버렸고, 이로 인해 인류에게 신이라 불리는 존재들에게 배척당해 나락으로 떨어져 버렸다.

'에테르와 카오스를 동시에 다룰 수 있는 존재이기에 따라붙은 숙명일 테지. 에테르로 격을 높인 존재들에게 루시퍼의 권능은 치명적이었을 테니까. 하지만 그들도 루시퍼가 자신들을 위협할 정도로 성장할지는 몰랐을 것이다.'

배신감을 느낀 루시퍼는 창조주로부터 내려진 자신의 사명을 버렸다.

그리고 카오스를 끊임없이 받아들여 새로운 권능을 얻게 된 루시퍼는 신들의 대적자로 인과율에 새겨지게 된다.

이로 인해 빛의 편에 섰다가 어둠의 편으로 돌아섰다는 전설이 전해지는 존재가 되었지만 루시퍼는 상관하지 않았다.

사실 루시퍼는 여러 이름으로 존재한다. 신족으로 구성된 신화의 집단에 나타나는 무수한 대적자들이 바로 루시퍼의 화신이다. 여러 개의 신화 속에 존재하는 신들의 대적자인 악마들이 바로 루시퍼인 것이다.

신으로 불리는 존재들을 파멸로 이끄는 것이 루시퍼의 목적이다. 그렇지만 신화에서 전해지듯 루시퍼는 신들을 파멸시키는 데 성공한 적이 없었다.

매영으로 화신해 루시퍼와 거래를 했다. 거래는 매우 성공적이었다. 언령으로 약속했으니 말이다.

─ 그렇게 찾을 필요는 없다.

자신의 권능으로도 나를 살필 수 없는 것에 민감한 반응을 보인다. 언령으로 약속을 한 후 내 존재감이 희미해지니 불안한 듯 찾고 있는 김윤일에게 사념을 보냈다.

─ 말투가 달라졌지만 이해를 하겠다. 너 또한 나와 비슷한 존재이니 말이다. 그런데 어떻게 된 것이 존재감을 느낄 수가 없는 거지?

— 나만이 가진 특별한 권능이다.

— 그렇군. 그러면 내 변화는 무엇이지? 어떻게 격을 높일 수 있는 것이냐?

— 약속을 한 것을 준 것뿐이다.

— 격을 높이는 방법이 매영에게 있었다니 놀라운 일이로군. 그러면 너는 매영의 수장인가?

— 매영은 여럿이지만 각자가 그저 하나의 존재로 서 있는 자들일 뿐이다. 나 또한 내 생각대로 움직이고 있을 뿐이고.

— 각자의 의지대로 움직인다는 뜻이로군.

내 말에서 바로 눈치를 채다니 판단이 빠르다.

열두 개의 비기는 특별한 권능을 가지게 만든다. 김윤일의 말대로 비기를 자신의 것으로 만든 매영은 각자의 뜻대로 움직인다.

— 너 또한 자신의 뜻대로 움직이는 모양인데, 내게 원하는 것이 무엇이지?

— 남쪽을 치워주셨으면 하는데 말이야.

— 게이트를 차지하고 있는 흑운들을 말하는 것이냐?

— 그렇다.

— 싫다면?

언령으로 약속한 것이지만 격이 높아져 거부를 해도 그리 큰 타격을 입지 않는다는 것을 아는 것 같지만 소용없는 일이다.

— 어차피 남아 있으면 소멸하는 존재들이니 마음대로 해도

된다.

― 흑운이 소멸한다고?

― 이제는 느끼고 있지 않나?

― 세계가 융합하고 대변혁이 찾아오는 것을 말하는 것인가?

― 그것만이 아니지. 인과율을 어긴 비틀린 존재들에 대한 정화가 시작될 것이다.

― 역시 그렇군. 세계가 융합을 끝내고 나면 비틀린 존재들은 모두 소멸되는 것이로군.

― 그렇다. 소멸은 다른 세계의 경계를 차지한 비틀린 존재들부터 시작이 되니 전력을 보존해야 할 것이다.

― 흑운이 내게로 오게 되면 높아진 권능을 이용해 세계의 정화를 피할 수 있을 텐데, 내게 원하는 것은 그것뿐인가?

원하는 것이 자신에게 너무 유리한 일이라 의심이 가는 모양이다.

― 그렇다.

― 그렇게 하지. 하지만 나를 이용하려는 것이라면 가만히 두지 않을 것이다.

나와 흑운은 아무런 인연이 없다고 할 수 있다. 오히려 적으로 맞서야 하는 사이이니 의심이 없을 수 없다.

인과율을 그대로 빗겨가는 것은 아무나 할 수 있는 일이 아니다. 자신이 그렇게 할 수 있도록 격을 높여주고, 권속인 흑운들을 정화로부터 피하도록 해주었으니 두려웠을 것이다.

― 그럴 일은 없을 것이다. 루시퍼의 권능을 가진 존재답게 하고 싶은 것을 하면 된다.

― 그것이 너에게 도움이 되는 것인가?

― 그렇다.

사실대로 대답을 해주었다.

내 대답은 사실이다. 루시퍼는 내 계획에서 가장 중요한 역할을 맡고 있으니 말이다.

― 흑운을 불러들이도록 하지.

대답이 끝남과 동시에 한반도 남쪽에 있는 게이트들을 차지하고 있던 흑운들의 움직임이 시작되었다.

― 약속을 지켜주니 고맙다. 반고의 일족과 블리자드가 한반도를 집어삼키기 위해 움직이고 있으니 불러들인 흑운이 도움이 될 것이다.

― 그렇겠지.

― 그러면 게이트가 생기기 이전처럼 경계를 짓겠다.

― 역시, 그렇군. 경계를 만들고 난 후에 남쪽을 차지하려는 것인가?

― 그렇게 생각해도 된지만 정확하게 말하자면 틀을 만드는 것뿐이다.

― 틀이라니 무슨 말이지?

― 일반 사람들이 자신의 뜻을 이루며 살아갈 수 있게 만드는 틀이다.

― 너무 이상적인 말이로군. 세계가 융합하고 있는데 그것이 가능할까?

― 그것은 내가 감당해야 할 일이다. 그리고 너는 남쪽 보다 북쪽에 더 관심을 갖고 있지 않나?

― 그렇기는 하지. 하지만 내 뒤를 칠 수도 있는데 내가 뭘 믿고 그냥 두어야 하지?

의심이 많이 될 것이다. 자신과 비슷한 격을 지닌 존재가 뒤에 있으니 말이다.

― 내가 목적을 이루는 그때까지는 건드리지 않겠다고 내 존재를 걸고 약속하지.

정말로 김윤일이 원하는 것이 이루어질 때까지 가만히 있을 것이기에 존재를 걸고 약속했다.

― 으음. 자신의 존재를 걸었다고 하니 믿어보도록 하지. 나 또한 내가 이루고자 하는 것이 달성이 될 때까지는 내 존재를 걸고 널 건드리지 않겠다.

서로 간에 존재를 걸고 약속을 했다. 하지만 나와 김윤일은 잘 알고 있다. 지금의 약속이 목적이 합치되는 부분까지 만이라는 것을 말이다.

― 확실하군.

― 이곳은 이제 당신의 권역이니까 나는 이만 떠나겠다.

― 다시 보지 않았으면 좋겠군.

― 그렇게 되지는 않을 것 같군.

— 후후후, 그렇겠지.

이후로는 어떻게 될지는 모르겠지만 목적한 것은 이루었기에 만수연구소를 떠났다.

공간 이동으로 통해 내가 간 곳은 옛날에 휴전선이라 이름이 붙여졌던 곳이다.

곧바로 경계를 지었다. 철책이 철거된 곳이 그리 많지 않아 경계를 형성하는 것은 어렵지 않았다.

인식이 되는 범위까지 의지를 뿌리면 되는 것이라 순식간에 끝낸 후 게이트들을 확인했다.

김윤일의 지시를 받고 흑운이 떠나는 것을 확인했지만 만에 하나라도 게이트에 남아 있는 존재가 있을 수 있기에 철저히 확인을 했다.

'흑운은 모두 떠났군. 하긴 권속이 주인의 말을 거역할 수는 없을 테니. 후우, 이제 지구로 넘어 오는 일만 남았군.'

외계와의 통로를 막은 후 지구로 넘어와 기반을 닦을 곳으로 한반도의 남쪽을 선택한 상황이다. 안전하게 넘어오게 하기 위해서는 조치를 취해야 한다.

'제주도에서 세계 곳곳으로 떠난 사람들이 머물 곳도 만들어야 하고…….'

우선 의지를 일으켜 해안선에 결계를 쳤다. 그리고 부모님과 할아버지가 계시는 세계뿐만 아니라, 브리턴까지 게이트를 연동시켰다.

제주도에 있다가 지구 곳곳에 박혀 있는 게이트를 찾아 떠난 이들도 복귀할 좌표로 한반도를 인식시켰다.

앞으로 벌어지는 상황에 따라 내가 안배한 이들이 모두 이곳으로 모일 것이다.

'제일 먼저 시작될 곳이 브리턴이니 준비를 해놓자.'

지금 엘리멘탈들은 정신이 없을 것이다. 프리온에 있어야할 엘프들이 브리턴 황궁에서 난장질을 하고 있을 테니 말이다.

지금쯤 엘프들은 베토스가 지휘하는 수많은 마스터들과 현자들을 상대하고 있을 것이다.

사실 엘프들은 우리와 함께 움직이지 않았다. 그들이 간 곳은 프리온이 아니라 브리턴 제국의 황궁이었다. 바라스가 준비한 전력을 상대하기 위해서다.

엘리멘탈들도 이것은 예상하지 못했을 것이다. 공간 이동을 하는 중간에 황궁으로 보냈으니 말이다.

엘프들이 지구의 존재들이 브리턴을 탐색하는 터미널이기는 하지만 내 권속이 된 후부터는 연결이 끊어진 터였다.

이제부터는 다를 것이다. 엘프들에게 드리워진 내 의지가 사라질 테니 다시 연결이 될 것이다.

이렇게 하는 이유는 엘리멘탈 중에 창조주에 반하는 존재가 있음을 지구에 와서 확인했기 때문이다. 바로 칠령이라는 존재를 통해서다.

칠령은 브리턴에 존재하는 엘리멘탈들이 가지고 있는 속성과 같은 에너지를 가지고 있다. 의지가 없을 뿐이지 거의 대등한 크기의 에너지를 가지고 있다.

하나의 세계를 유지할 정도로 거대한 에너지를 품고 있는데 의지가 없을 리 없다.

'카오스처럼 속성의 의지가 정신체로 빠져나간 것 이외에는 설명할 길이 없지.'

빠져나간 정신체가 인과율을 피해 존재하기는 힘들다. 제일 유력한 것은 에테르가 아닌 카오스를 기반으로 하는 에너지로 정신체를 옮기는 것이다.

카오스를 기반으로 새로운 존재로 거듭났다면 어떻게 행동했을지 추측을 해보았다.

결론은 한 가지뿐이었다. 나와 마찬가지로 에테르를 흡수해 더 높은 존재로 나아가려 할 것이다.

가장 손쉬운 방법은 브리턴에 있는 엘리멘탈들이 가진 에테르를 흡수하는 것이다.

창조주에 의해 세상이 만들어질 때부터 예비된 존재들이니 이런 방법을 모를 리 없다. 더군다나 같은 속성이라면 흡수하는 것이 쉬울 테니 말이다.

정신체들은 엘리멘탈들에게 접근해서 흡수하기 위해 엘프들을 이용했을 것이다. 엘프들을 터미널로 사용해 자연스럽게 말이다.

엘프들이 터미널이라는 것을 엘리멘탈들은 알고 있었다. 그런데 나에게 아무런 언급도 하지 않았다.

카오스를 기반으로 하는 엘리멘탈들에 대해 뭔가 감추고 있다는 뜻이다.

이제부터는 지구에서 브리턴의 엘프들과 연결을 시도하는 존재를 찾아내야 한다.

다시 연결이 된다면 지구의 존재들은 브리턴의 상황을 파악하기 위해 터미널이 된 엘프들을 이용해 엘리멘탈들에게 접근할 것이다.

지금의 나를 있게 한 존재들이 엘리멘탈들이다. 그렇지만 엘리멘탈들이 내 계획을 실패로 이끌 마지막 변수일 수도 있으니 연결이 된 후 확인해야 한다.

확인을 해야 할 것은 다른 것이 아니다.

지금까지 상황으로 봐서는 다른 존재일 가능성이 크지만 지구의 존재들이 브리턴의 엘리멘탈들과 동일한 존재인지, 아니면 사념인지다.

곧바로 엘프들과의 연결을 끊었다.

이제 기다리는 일만 남았다.

콰—콰쾅!

털썩!

앱솔루트 배리어가 박살이 나고 난 뒤 바닥에 쓰러지는 베토스를 바라보던 에스미아는 고개를 저었다.

전력을 기울여 브리턴 황궁에 남아 있는 바라스의 전력을 제거하기는 했지만 아직 끝난 것이 아님을 알고 있기 때문이었다.

가장 강한 전력인 바라스는 아직까지 모습을 보이지 않고 있었다.

'전부 쓰러졌는데도 나타나지 않는 것인가?'

자신의 힘이라고 할 수 있는 브리턴 황가가 무너진 상태나 마찬가지인데도 불구하고 바라스는 끝내 나타나지 않았다.

— 시체들을 전부 치워라.

황궁에 바라스가 없다는 것을 느낀 에스미아가 명령을 내리자 엘프들은 각자의 아공간을 열더니 시체들을 담았다.

— 마스터께서 오실지 모르니 깨끗하게 청소해라.

시체는 처리했지만 바닥에는 흔적이 남아 있었다. 엘프들은 클린 마법을 걸어 황궁 곳곳에 남아 있는 핏자국을 모두 지웠다.

— 모두 이곳으로 모여라.

파파파팟!

에스미아의 지시에 바이린과 바이네스, 엘레나와 엘라이스는 공간 이동으로 베토스가 쓰러진 대전으로 모였다.

센트 싸인의 길드장들이자 초월자에 이른 존재들이지만 브리턴 황궁에 남아 있던 전력도 만만치 않았는지 다들 초췌한 모습이었다.

"에스미아 님, 마스터로부터는 연락이 없었나요?"

"마스터께서 오실 때가 됐는데……."

엘레나의 질문에 에스미아가 인상을 찌푸렸다.

공간 이동을 하기 전에 내려진 지시에 따라 브리턴 황궁을 정리했다. 자신의 일이 끝나면 곧바로 황궁으로 오겠다고 했기에 걱정이 되지 않을 수 없었다.

"일단 이곳에서 기다린다. 문제는 없겠지?"

"황궁 외곽에 결계를 쳤어요. 그리고 보유하고 있는 골렘들을 전부 동원했으니 황궁을 지키는 데는 문제가 없을 거예요."

"바라스의 세력이 더 있을 수도 있으니 경계를 철저히 해야 한다."

"염려 마세요."

대답이 끝나기 무섭게 대전에 모여 있는 엘프들의 몸이 굳어졌다. 다섯 명 모두 검은 눈동자가 사라지고 백태가 끼었다.

"꼭두각시들이 브리턴 황궁에 있다니 어떻게 된 일이지? 누가 움직인 것이냐?"

에스미아의 입을 통해서 지금까지와는 전혀 다른 느낌의 목소리가 튀어나왔다.

"아무도 움직인 이는 없다. 모두 연결이 끊어졌었으니까."

엘레나의 입에서도 본인과는 전혀 다른 느낌의 목소리가 흘러나왔다. 나긋했던 조금 전과는 달리 무척이나 차가웠다.

"연결이 끊어진 것은 나뿐만이 아니었나?"

"전부 나와 같이 있었다. 연결을 시도하려고 노력을 해봤지만 소용이 없었는데 갑자기 연결이 된 거다."

"그럼, 연결이 끊어진 동안 무슨 일이 있었군."

"조사를 해봐야 할 것 같은데 브리턴에 있는 반쪽들은 어디에 있는 거지?"

"기억을 뒤져보니 센트 싸인에 있는 것 같다."

"으음. 그들이 센트 싸인에 있다면 엘프들을 움직인 것이 엘리멘탈들인가?"

"모를 일이다."

"여기서는 공간 이동이 가능한 것 같으니 일단 가봐야겠군."

"그래야 할 것 같다."

파파파파팟!

에스미아를 비롯한 다섯 엘프는 곧바로 엘리멘탈들이 있는 센트 싸인 마탑으로 향했다.

공간이 일그러지며 센트 싸인 마탑으로 들어서자 에스미아는 무서운 눈으로 자신들을 맞이하는 엘리멘탈들을 볼 수 있었다.

"바보 같은 새끼들!!"

수모의 입에서 노성이 터졌다.

"무슨 소리냐?"

"어째서 이곳으로 왔냐는 말이다. 우리가 그토록 의심스러웠나? 응??"

"어째서 브리턴 황가를 공격한 거지?"

"브리턴 황가를 공격하다니 무슨 소리냐?"

에스미아를 장악한 존재의 말에 화모가 나서며 물었다.

"베토스를 비롯한 브리턴 황가의 전력이 이년들에 의해 모두 쓰러졌다. 그런데도 정녕 모른 다는 말이냐?"

"아아아악!! 제기랄!"

수모가 비명을 지르며 머리를 감싸 쥐었다.

에스미아를 장악한 존재는 뭔가 잘못되었다는 것을 느꼈다.

수모의 모습을 보며 지금 상황이 누군가의 의도로 이루어졌다는 것을 모두 느낄 수 있었다.

"우리가 당한 건가?"

"그래, 이 병신 새끼야! 이제 거의 다 됐는데 네놈들의 의심 때문에 모두 망쳤다."

에스미아를 장악한 존재는 수모의 말에 당혹스러운 눈빛을 보였다.

"이 상황을 연출한 것이 너희들이 만든 꼭두각시로군."

"그래 이제는 어떻게 할 생각이냐?"

"후후후, 한낱 꼭두각시일 뿐이다."

"처음부터 다시 시작하자는 말이냐?"

"거의 다 된 상황이다. 대행자는 또 다시 구하면 그만이니 다시 시작을 한다고 해도 얼마 걸리지 않을 거다."

"자신이 이용당했다는 것을 알게 된 이상 소멸시키기는 쉽지는 않을 거다."

"이런 상황을 대비해 소멸을 위한 절대 명령이 새겨져 있을 텐데."

"그게 통하지 않을 것 같으니 하는 말이다."

"무슨 소리냐?"

"그놈이 이곳에 다시 온 후 전혀 통제가 되지 않았다. 일을 그르칠까 두려워 절대 명령을 발동하지 않고 가만히 놔두었는데 아무래도 그것도 통하지 않을 것 같다."

"후후후, 어차피 지금 상황이 이러니 발동해 봐라. 놈이 너희들 손을 벗어났는지 확인을 할 수 있을 테니 말이야."

"빌어먹을 일이지만 그렇게 해야겠지."

— 의지의 인이 새겨진 자여! 절대의 언령으로 명하니, 이 자리에 나서라.

수모는 자신이 직접 새긴 차훈의 영혼에 새긴 언령으로 명령을 했다. 초월자나 신이라 할지라도 존재의 근원에 새긴 것이라 절대 거역할 수 없는 명령이었다.

"역시, 벗어났군."

"그런 것 같다."

차훈이 이곳에 다시 온 후부터 자신들을 의심하고 있었다는 것을 깨달은 수모의 얼굴이 싸늘하게 굳었다.

"어떻게 할 거냐?"

"주인을 떠난 꼭두각시는 더 이상 필요 없는 존재니 당연히 소멸을 시켜야지."

"지구로 올 생각이냐?"

"새로운 대행자를 구하기 위해서라도 우리가 가야 하지 않나?"

"후후후, 걱정하지 마라. 이런 일을 대비해서 대행자로 쓸 만한 놈을 물색해 놨으니."

"정말이냐?"

"너도 알 텐데. 루시퍼란 놈을 말이야."

"정말 적당한 놈이군. 양쪽의 에너지를 다 쓸 수 있을 테니말이야."

창조주의 안배로 카오스와 에테르 기반의 세계를 넘나들던 존재라면 대행자의 역할을 충분히 할 수 있었다.

설사 배신을 한다 하더라도 세계의 융합이 얼마 남지 시점에서 마지막 역할만 해주면 끝이다.

"다들 어떻게 생각하지?"

수모는 다른 엘리멘탈들의 동의를 구했다. 모든 계획은 전체의 동의를 얻어야 했다. 속성이 다르기는 하지만 하나라도 빠지는 순간 파탄이 나버리기 때문이다.

"꼭두각시가 우리의 의지를 벗어났다면 당연히 다른 대행자를 선택해야지. 나는 찬성한다. 우리 모두의 의견은 동일한 것으로 보는데, 반대하는 이가 있나?"

큰 문제도 될 것이 없기에 화모가 찬성을 한 후 다른 이들의 동의를 구했지만 반대하는 이는 없었다.

"좋아. 수모라는 개떡 같은 이름을 지어줄 때부터 마음에 들지 않았는데 대행자를 바꾸기로 한다."

"작명 센스는 아주 바닥이었지. 이제 그에 대한 대가를 치러주자고."

수모의 말에 화모가 맞장구를 쳤다. 그런 심정은 다른 엘리멘탈 또한 마찬가지였다.

예상대로 엘프들을 장악한 존재들이 의심을 품고 엘리멘탈들을 찾았다.

내가 자신들의 정체를 알아차렸다는 것을 감지하자 곧바로 공격을 해온다. 이제 쓰지 못하게 된 장기판의 말을 파기하려는 것이다.

"크으."

내 존재 자체를 소멸시키려 하는 절대적인 명령이 의식 깊숙한 곳에서부터 시작이 됐다.

존재의 근원에 새겨진 것이라서 그런지 파죽지세로 의식을 장악해 나간다.

'이러다간 끝이다.'

준비를 하기는 했지만 예상 외의 속도다. 무한대에 가깝게 늘린 의식의 깊숙한 곳까지 순식간에 파고들다니 말이다.

두근! 두근!

의지의 소멸을 느낀 것인지 심장이 무섭게 뛴다.

의식 공간 안에 수많은 세계를 창조하며 회피를 해보려 했지만 오히려 속도만 빨라졌다.

도저히 막을 수가 없는 상황이다.

'크으, 이대로 끝인가? 아니다. 이대로 끝낼 수는 없지. 나를 가지고 농락한 존재들에게 끝까지 휘둘릴 수는 없으니까.'

바이네스를 터미널로 썼던 미네르바를 통해 다른 엘프들을 장악한 존재를 확인할 수 있었다.

회귀 전에 나를 두고 끝이 없는 실험을 진행했고, 마지막에 내 심장을 뜯어가 버린 바로 그자들이었다.

'회귀하기 전에 어째서 심장을 필요로 한 것일까?'

심장을 필요로 한 이류를 알기 위해 회귀하기 직전의 상황을 기억해 내려 애를 썼다.

그리고 생각해 낼 수 있었다.

아마 정신이 없을 거야. 그동안 잘해주었다. 너로 인해 우리가 세운 대계가 완벽해졌으니 말이다. 후후후, 분하겠지. 하지만 그럴 필요가 없다. 넌 태생부터 우리가 안배했던 존재니 말이다. 이제 수확할 때가 되었다. 네 안에 깃든 것들만 얻으면 우리는 세계를 손에 넣을 수 있게 될 테니, 자비를 베풀어 고통 없이 보내주도록 하마. 후후후, 하긴 의식이 없을 테니 고통도 없겠지.

마취된 상태에서 가슴이 열리고 심장이 뜯겨져 나가는 상태에서도 의식이 있었다.

그 덕분에 시간의 흐름을 역행하는 회귀의 아이템을 작동시킬 수 있었다.

'놈들이 심장을 원한 이유가 있을 것이다. 지금까지 내가 얻었던 에너지들은 모두 심장에 머물렀다. 그저 에너지를 저장하는 창고만은 아니라는 뜻이다.'

에테르의 근원도 카오스의 근원도 심장에 머물고 있다. 대차원을 생성할 정도로 거대한 에너지가 심장에 이토록 안정적으로 머물 수 있는 이유가 무엇일까 하는 생각이 들자, 박동이 거세졌다.

쿵! 쿵! 쿵!

근원에 새겨진 소멸의 명령이 의식의 지평선에 거의 다다랐을 무렵 심장에 대한 의문이 생겼고, 변화가 생겨났다.

거대한 박동과 함께 내가 처음 게이트를 열기 전에 얻었던 녹령과 같은 기운이 심장에서 흘러나왔다.

그리고 카오스를 기반으로 하는 세계를 만들 때 사용되었던 물체들도 심장에서 흘러나왔다.

'아아!!'

세계를 만들 수 있는 에너지와 설계도가 심장에서 흘러나오고 난 뒤 세계를 만들기 시작했다.

하나, 둘, 셋……

무수히 많은 세상을 만들어나가면서 내 의식이 만들어낸 공간을 차지하기 시작했다.

내 의식의 근원에서 퍼져 나온 소멸의 기운이 휩쓸고 지나간 자리를 메우며 빠르게 의식공간을 점유해 나갔다.

심장도 변하기 시작했다. 일곱 색의 광채를 내뿜으며 하나하나 분리되더니 어떤 형상을 만들어 나갔다.

'엘리멘탈들이다. 이것이 칠령의 진정한 정체인가?'

김윤일은 칠령을 얻은 것이 아니다. 정확히 말하자면 내가 최고지도자에게 심은 카피된 칠령을 얻은 것이다.

지구로 귀환하자마자 제일 먼저 한 일이 바로 김일영을 살피는 것이었다. 그의 의식 속에 들어 있는 칠령을 확인할 수 있었고 그의 의식을 제압하고 빼앗았다. 최고지도자가 가지고 있는 마지막 카드가 바로 칠령임을 확신했기 때문이었다.

칠령을 얻는 순간, 창조주가 태초에 만든 엘리멘탈들의 본래 모습이 담겨 있다는 것을 알 수 있었다.

내가 속성의 어머니라 이름 붙인 존재들의 본래 모습이 담겨 있다는 것을 확인했기에 계획대로 진행을 시켰다.

내가 자신들의 정체를 알아차리면 나와 비슷한 존재를 찾을 것이라는 생각에 칠령을 카피해 김일영에게 심어 놓았다.

그렇게 해서 내 의식 안에 머물게 된 칠렁이 심장에서 본래의
모습을 되찾았다. 창조주가 처음 세상을 안배할 때 만든 엘리멘
탈들의 모습으로 말이다.

엘리멘탈들이 움직이기 시작했다.

심장에서 튀어나온 에테르의 근원과 카오스 기반이 설계도가
만들어나가는 세계들을 들락거리며 자신의 존재들을 남겼다.

엘리멘탈들이 자신의 존재를 남기자 만들어진 세계들이 엄청
난 속도로 팽창하기 시작했다.

그리고 내 소멸을 부추기는 소멸의 기운을 빠른 속도로 잠식
했다.

파스스스!

세계가 팽창하는 속도로 인해 모든 것이 부서지며 사라져 가
고 있었다. 마침내 영혼과 의식의 근원에 새겨진 있던 것까지
사라졌다.

"휴우, 끝났군."

엘리멘탈들이 심은 안배가 발동한 후에 일어난 일들은 순식
간이었다.

내가 의식하는 순간에 심장에서 일어난 변화에 따라 의식 공
간에 수많은 세상이 창조되어 안배를 무력화시키기까지 걸린
시간은 찰나에 불과했던 것이다.

"계획이 발동하기도 전에 이미 내가 원하는 세계가 창조되어
버렸군."

엘리멘탈들이 내게 심은 안배로 인해 뜻하지 않은 일이 벌어졌다. 내 의식 공간 안에서 창조된 세계들이 실체를 가졌다는 것이다.

지금은 내 의식이라는 거대한 장막에 가려져 있지만 원하는 순간 곧바로 실체화될 수 있는 세계가 말이다.

의식 공간 안에는 내가 창조한 세계뿐만이 아니라 엘리멘탈들까지 존재했다.

지구가 속한 대차원을 창조할 때 탄생한 엘리멘탈보다 더 뛰어난 존재들이었다. 의식 공간에 만들어진 세계들을 충분히 관리할 수 있을 정도였다.

— 아직은 때가 아니니까 내가 창조한 세계들을 부탁한다.

의식을 벗어나 새로운 대차원을 만들려고 하는 엘리멘탈들에게 부탁을 했다.

— 알았어요!!

엘리멘탈들은 내 뜻을 벗어나지 않았다. 내가 의지를 부여할 때를 기다리기로 했다.

엘리멘탈들은 의식의 장막을 더욱 견고하게 만들어 나가며 세계가 망가지는 것을 막기 시작했다.

'어차피 내가 원하는 세계가 만들어졌다. 계획을 조금만 변형시키면…….'

계획하던 일이 완성된 상태다. 창조의 씨앗이 발아하기 좋은 세계가 만들어졌다.

지구가 속한 대차원과 외계의 차원에 존재하는 생명체들을 위해 계획을 실행시키기는 해야겠지만 약간 변형을 시키기로 했다.

　창조주가 사라졌다고 생각하고 자신들 마음대로 세상을 주무르려 했던 것에 대한 대가는 치러야 할 테니 말이다.

〈『그린 하트』 제10권에서 계속〉